文庫

ハムレット Q1

シェイクスピア

安西徹雄訳

光文社

Title : HAMLET Q1
1603
Author : William Shakespeare

目次

訳者解説――『ハムレットＱ１』について

安西徹雄

シェイクスピアの劇がはじめて一冊にまとめられ、最初の全集として出版されたのは、シェイクスピアの死後七年目、一六二三年のことだった。タテ約三四センチ、ヨコ約二一センチの大判で、当時の全紙を二つに折った大きさだから「二折本」（英語では「フォリオ」）と称する判型、しかも、九〇〇ページを超える大冊だった。普通これを「第一・二折本」（「ファースト・フォリオ」、Ｆ１と略記）と呼んでいる。

Ｆ１には、三六篇の劇が収められている（現在では、シェイクスピアの全集には、このほかに『ペリクリーズ』を加えて、三七篇を収めるのが普通）。このうち半数の一八篇は、この全集が出る前、まだシェイクスピアの存命中に、四折本（「クオート」、Ｑと略記）の形で、一本一本別々にすでに出版されていた。この一八篇の中には、さらに、同じ作品が二度クオート判で出ているものがあり、こういう場合は、Ｑ１、Ｑ２と称して区別するわけである。

さて、『ハムレット』の場合は、まさにこの、二種類の四折本が存在する場合で、しかもQ1（一六〇三年刊）とQ2（一六〇四年刊）とは、本文に非常に大きな差がある。そもそもQ1は、Q2の約半分の長さしかない。おまけに、この二つがそれぞれ、F1（つまり最初の全集版）ともまた、相当に大きく異なっている。単純に長さだけから見ても、F1はQ2より約二〇〇行短いが、しかし同時に、F1にはあるのにQ2にはないセリフが、八〇行以上もある。

この三種類の古刊本の素姓について、Q1は海賊版で、Q2は作者の生原稿を、F1は、シェイクスピア自身の劇団による上演台本を元にしているのではないかというのが、現在、いちばん普通に行なわれている推測である。Q2、F1については、特に説明の必要はないだろうが、「海賊版」という推定には、多少の解説が必要かもしれない。これはつまり、『ハムレット』が初演当時から非常な好評を博したので、劇団や作者の許可を得ぬまま、勝手に出版しようと企《くわだ》てる出版社が現われ、初演に端役で出演した雇いの役者（つまり、劇団員以外の役者）を買収し、彼らの記憶を頼りに、相当の部分は自分たちでセリフをデッチあげ、「シェイクスピア作」と詐称して出版したもの、と推定するわけである。

ところで、英語版でも日本語の翻訳でも、現在一般に用いられている本文は、Ｑ２とＦ１とを突き合わせ、一方にない部分は他方で補うなど、両者を繋ぎ合わせた合成版、ないし混成版で、したがって結果的に、どの古刊本よりも長くなってしまっている。そのこと自体の良し悪しはともかくとしても、この現行版には、少なくとも、上演という実際的な立場からすると、非常にむつかしい問題点がある。今いうように、何しろ長すぎるのだ。実際、シェイクスピアの全作品の中でも異例の長さで、例えば『マクベス』とくらべると、ほぼ二倍である。カットなしで全文を上演すれば、日本語なら、どんなにテンポをあげても、おそらく四時間半、ないし五時間はかかるだろう。イギリスでもノーカットの上演は、そのこと自体で大きな話題になるほどめずらしいことで、二〇世紀を通じて数回しかない。

そこで、演劇集団〈円〉で『ハムレット』を翻訳・演出することになった時、私はあえて、Ｑ１を用いることにした。現行版を使えば、実際問題として、ほとんど半分近いカットをしなくてはならず、どこをどう切るかは、結局のところ演出家の、かりに「独善的」とはいわぬとしても、ともかく主観的な判断によるしかない。だが、どうせカットが避けられぬのなら、現に、古刊本のうち、ちょうど都合のいい長さの本文が存在する以上、これを使わない手はない。それにこのQ1は、かりに海賊版と考えるにしても、ともかくシェイクスピア当時の、実際の上演を反映した本文であることに違いはないのである。

いや、それより何より、私はこれを、そもそも単なる海賊版とは見ていないのだ。実をいうと、シェイクスピアがハムレット伝説を劇化する前、すでに彼を主人公にした劇が上演され、しかも大いに評判を呼んでいたことを示す証拠がある。シェイクスピアは作者不詳のこの古い劇（残念ながら本文は現存しない）を全面的に書き換え、新しい『ハムレット』を創りあげたわけだが、『ハムレットQ1』は、この改作の過程の初期の段階を表しているのではないか、そして、Q2はさらにその次の段階を、F1は、これにさらに手を加え、実際の上演用に改変した形を示しているのではないか――私はそう考えたのである。そして私は、今『ハムレット』をやるのなら、この初期の形、いわば、『ハムレット』の原形にせまり、これを掘り起こしてみたいと考え、あえてQ1を取りあげることにしたのである。もうひとつ、イギリス留学中、バーミンガム大学の学生たちの上演したQ1を見て、この版が、上演台本として、きわめて強力であることを実際に経験したことも、私の決断を支える有力な根拠となった。

以上、ごく手短に、『ハムレットQ1』の由来について説明を加えたが、当然、現行の『ハムレット』とは、さまざまの点で相当の違いがある。両者をつぶさに比較していただければ、この作品をさらに深く味読するについて、多くの示唆が得られるのではないかと思う。

（なおQ1には、実をいうと意味の通りにくい個所や、劇として、うまく流れない所などがなくはないので、多少、手を加えた部分があること、それに、オフィーリアの父親の名前が、Q1では「コランビス」となっているが、私の訳では無用の混乱を避けるため、Q2やF1と同じ「ポローニアス」に改めてあることをお断わりしておきたい）

ハムレットQ1

登場人物

フランシスコ　国王の番兵
バナードー
ホレイショ　ハムレットの親友
マーセラス　国王の番兵
亡霊　ハムレットの父
王　ハムレットの叔父で、デンマーク王。名はクローディアス
王妃　ハムレットの母で、名はガートルード
ハムレット　デンマークの王子
ポローニアス　国王の顧問官
レアティーズ　ポローニアスの息子
コーニリアス　大使
ヴォルティマンド
オフィーリア　ポローニアスの娘
レイナルド　ポローニアスの召使い

ローゼンクランツ
ギルデンスターン　｝廷臣
役者一
〃　二
〃　三
〃　四
序詞役《じょことばやく》
フォーティンブラス　ノルウェイの王子
道化一
〃　二
神父
オズリック　廷臣
イギリス大使
その他、隊長、太鼓手、廷臣、兵士など

1（一幕一場）

フランシスコ、バナードー、登場。

フランシスコ　止まれ！　誰か。
バナードー　おれだ。
フランシスコ　おお、お前か。時間どおり来てくれたな。
バナードー　マーセラスとホレイショに会ったら、見張りの仲間だ、急ぐように言ってくれ。
フランシスコ　わかった。誰か来る。止まれ！

ホレイショ、マーセラス、登場。

ホレイショ　この国の味方。
マーセラス　デンマークの臣民。さあ、退《さが》って休め。交代は誰だ？
フランシスコ　バナードーだ。おやすみ。（退場）
マーセラス　おい、バナードー。
バナードー　ホレイショは？
ホレイショ　ここにいる。ほら。
バナードー　よく来てくれた、ホレイショ、マーセラスも。
マーセラス　例の奴、今夜も出たのか？
バナードー　いや、まだ姿を見せん。
マーセラス　ホレイショは、おれたちの妄想にすぎんと言う。信じようとしないのだ。おれたちが二度までも見た、あの怖ろしいものの姿を。だから、無理やり引っぱって来た。今夜いっしょに見張りに立って、またあの亡霊が現われたら、おれたちの目も節穴《ふしあな》ではないとわかるはずだ。奴に話しかけてもらおう。
ホレイショ　出るものか、そんなもの。

バナードー　とにかく坐って、いやでも、もう一度聞いてもらおう、おれたちが、二晩たてつづけに見たあいつのことを。

ホレイショ　なら、坐るか。さあ、話してくれ、バナードー。

バナードー　昨夜のことだ。あの星が、ほら、北極星のすぐ西にある、あの星が、ちょうど天の一角を照らす位置まで来た時だった。そう、今光っているあの位置だ。鐘が一時を打つ。すると——

亡霊、登場。

マーセラス　見ろ！　来た、そこに、また！

バナードー　亡くなられた、先の国王そのまま。

マーセラス　あんたは学者だ。話しかけてみろ、ホレイショ。

バナードー　国王そっくりではないか。

ホレイショ　寸分たがわぬ。怖ろしさに、息もできぬ。

バナードー　話しかけてほしそうにしているぞ。

マーセラス　言葉をかけてみろ、ホレイショ。
ホレイショ　何奴《なにやつ》だ。貴様！　その王者のいでたち、ありし日のデンマーク王そのままの姿を取って現われるとは。言え！　答えろ！　命令する！
マーセラス　怒った。
バナードー　見ろ、去ってゆく。
ホレイショ　待て！　ものを言え！　言わぬか。命令だ。言え！

亡霊、退場。

マーセラス　消えた。何も言わん。
バナードー　どうした、ホレイショ。震えているのか。真っ青だぞ。ただの妄想などではなかったろう。どうだ。
ホレイショ　信じられん。現にこの目で見たのでなければ、とても。
マーセラス　国王そっくりだったろう。
ホレイショ　陛下そのまま。あの甲冑《かっちゅう》も、傲慢《ごうまん》なノルウェイ王と一騎打ちされた時のもの。それに、あの厳《いかめ》しい顔立ちは、談判の際、そりに乗ったポーランド人どもを氷の上に投げ倒された時さながら。奇怪《きっかい》なことだ。

マーセラス　すでに二度まで。しかもこの同じ真夜中、あのとおり鎧《よろい》姿で、われわれの目の前を通りすぎていったのだ。

ホレイショ　どう考えればいいのか。ひょっとすると、何か、この国に重大な異変の起こる前触れではないのか。

マーセラス　まあ、坐れ。どちらか、知ってるなら教えてくれんか。いったいなぜなのだ、こうして毎晩、これほど厳重な見張りを固めなければならんというのは。それに、毎日毎日、新しい大砲を鋳造している。外国からまで武器を買い付け、その上、船大工を掻《か》き集めては、休みもなしにこき使う。そもそも何が始まるというのだ、夜も昼もこんな汗みどろの強行軍をつづけなければならんとは。教えてくれ。

ホレイショ　その訳は――少なくとも噂《うわさ》では、こうだ。亡くなられた先の王は、知ってのとおり、ノルウェイ王フォーティンブラスから一騎打ちを挑まれたことがあったな。相手は、傲慢にも思いあがって挑んできた戦いだったが、さすが武勇のほまれ高いわがハムレット王、みごとフォーティンブラスを打ち果たされた。おかげで相手は、あらかじめ厳《きび》しく取りかわしてあった約定《やくじょう》に従って、命もろとも領地まで失う羽目になった。ところがだ、死んだノルウェイ王の息子というのが、その名も同じフォーティンブラス、怖いもの知らずの暴れ者で、国境のあちらこちらに、手当たり次第無法者を駆り集め、何やら騒動を企《たくら》んでいる様子。こうして見張りをつづけるのも、それが何よりの理由だと聞いているが——

亡霊、再び登場。

ホレイショ　だが、見ろ。それ、また現われたぞ。行手をさえぎってやる。祟《たた》らば祟れ。何が望みだ。どうすれば気がすむというのだ。言え！　この国の運命の秘密を知っているとでもいうのか。それがわかれば、今からでも防げるというのか。言え！　それとも、生前奪い集めた財宝を、大地の奥深く隠して死んだとでもいうのか。それに引かれて、今もこの世にさまよい出たのか。言え！　ものを言え！　話さんか！　とめろ、マーセラス！

バナードー　ここだ！

亡霊、退場。

ホレイショ　ここだ！
マーセラス　消えた。すべきではなかったな、あんなこと。いやしくも、王者の姿を取って現われたのだ。それを、鉾《ほこ》で打とうとするなどと。空気のように手応えがなかったぞ。
バナードー　何か、言おうとしていたな。その時、鶏《にわとり》が鳴いて——
ホレイショ　不意に消えてしまった。罪ある者が、怖ろしい呼び出しを聞いたように。そういえば、朝を告げ知らせる鶏が鳴くと、その鋭い叫びに驚き、墓場からさまよい出た亡霊どもは、地上にいようと空中を飛んでいようと、海にいようが火の中にいようが、すぐさま、また捕われの住処《すみか》に帰るという。今この目で見て、確かに知った。
マーセラス　そう、時をつくる鶏の声と同時に消えてしまった。話に聞いたことがある。われらが救い主の生誕を祝う季節が近づくと、暁の鳥は夜を徹して鳴きつづけ、亡霊も怖れて出歩かなくなるというが。

ホレイショ　その話なら、私も聞いたことがある。だが、見ろ、朝の光が、鳶色《とびいろ》のマントに身を包んで、彼方の山の頂《いただき》に、露を踏みしめて現われた。見張りを解こう。今夜見たこと、王子のハムレット様にお伝えした方がよくはないか。あの亡霊、われわれには語らなかったが、王子にならものを言うかもしれん。どうだ？　友情からしても義務からしても、お知らせしておくべきだと思うが。

マーセラス　そうしよう。ちょうどいい。今朝お目にかかれる場所を知っている。

ホレイショ、マーセラス、バナードー、退場。

2（一幕二場）

王、王妃、ハムレット、レアティーズ、ポローニアス、コーニリアス、ヴォルティマンド、登場。

王　さて、諸卿、ここにノルウェイ王あての書状を認《したた》めておいた。老齢の上、このところ病床に臥《ふ》したまま、甥《おい》のフォーティンブラスの企みのことも、聞き及んではおらぬらしい。コーニリアス、ヴォルティマンド、急ぎ王の許《もと》にこの書状を届けてくれ。ここに誌《しる》した条項を示して交渉するのだ。ただし、それ以上は、お前たちの独断で取り決めることはならんぞ。行け。すみやかに使命を全うすることこそ、何よりの忠勤の印だ。

コーニリアス
ヴォルティマンド　｝万事仰せのとおりに。

王　頼んだぞ。よい知らせを待っている。（コーニリアス、ヴォルティマンド、退場）さて、レアティーズ、どうした。何か願いがあるとか言っておったな。

レアティーズ　陛下、お許しがいただけましょうか。先の陛下の御葬儀も終わりました今、またパリへ帰らせていただきとうございます。日頃の御厚意を顧みれば、なおしばらくとどまるべきかとも存じますが、胸のうちにせき立てる思いがございまして、心は早くもフランスへ飛んでおります。

王　父の許しは、得ておるのか？

ポローニアス　否応もなく、もぎ取りました。陛下にも、どうかお許しいただきとう存じますが。

王　よろこんで与えよう。行くがよい、レアティーズ。

レアティーズ　ありがとうございます。では、これにて失礼致します。（退場）

王　さて、ハムレット、その陰鬱な顔はどうした。ウイッテンバーグの大学へ帰りたいということだが、それはならぬぞ。お前こそ母上の歓び、生き甲斐ではないか。わしからも、こうして頼む。この宮廷にいてはくれぬか。デンマーク全土が、お前に希望を託しているのだ。かつてはわが甥、だが今は、最愛のわが子、ハムレット。

ハムレット この喪服、この涙、蒼《あお》ざめた顔、いや、外から見えるうわべの一切。そんなものでは、この胸の悲しみは測れはしない。亡くした人は、もう何としても帰ってこぬかと思うと――こんなものはただの飾り、悲嘆の上面《うわつら》。

王 そうして悲しむのは、確かに愛情の証ではある。だがな、わが息子よ、考えてもみなくてはならぬ。おまえの父も、かつては父を失ったのだ。その父も、またその父を。この世のつづく限りは、それが人の世の定めというもの。そう思って、もう嘆くのはやめるがよい。いつまでも悲しみにわれを忘れているのでは、天にそむき、死者にそむき、自然にそむく振舞ではないか。人間なら、誰しも逃れられぬ運命なのだからな。生ある者は、生まれ落ちたそのときから、すでに死ぬ定めを負っているのだ。

王妃 母の願いも無にしないでおくれ、ハムレット。どうか、ここにいておくれ。ウィッテンバーグなどには行かないで。

ハムレット 努めてお言葉に従いましょう。

王 よく言った。それでこそ、愛する息子にふさわしい、やさしい言葉だ。よし、では今日一日は、私が杯を飲みほすたびに、祝砲を大空の雲にとどろかせて告げ知らしめよう、国王が王子ハムレットのためにほす祝杯を。

ハムレットのほか、一同、退場。

ハムレット ああ、この、悲しみに引き裂かれ、罪に汚《けが》された肉体が、融《と》けて無となってしまえばいい！　さもなければ、蒼穹《そうきゅう》が粉々に崩れ落ち、原初の混沌に返ってしまうがいい！　たった二月《ふたつき》――いや、二月もたってはいない。なのに、結婚した、叔父と。ああ、もう、考えるな。父上の弟。だが、父上とは似ても似つかぬ、おれがヘラクレスとちがう以上に。たった二月。どんなに不実な涙でも、まだ目は赤く泣きはらしているはずだ。それを、結婚した。理性をもたぬ獣ですら、あれほど急《せ》きはしなかったろう。弱きもの、それが女。いつも、父上に寄り添っていたではないか、見つめれば見つめるほど、飽きるどころか、いよいよ愛情が増すかのように。忌まわしい、忌まわしいぞ。あれほどいそいそ不倫の閨《ねや》に急ぐとは！　父上の亡骸《なきがら》の後を慕って、ニオベ*さながら、涙の泉となって墓へ歩いた、あの靴さえまだ真新しいというのに、結婚した！　このままでいいはずがない。このままですむはずがない。だが、たとえ心臓が破れようと、口に出すことは許されぬ。

ホレイショ、マーセラス、バナードー、登場。

ホレイショ　御機嫌よろしゅうございます、殿下。

ハムレット　ああ、ありがとう。ホレイショ！　ホレイショではないか！

ホレイショ　そのホレイショでございます。殿下の忠実な僕《しもべ》として――

ハムレット　馬鹿な。友だちだ、ホレイショ。おたがい友だちではないか。しかし、何をしている、いったい、こんな所で。ウイッテンバーグにいたのではなかったのか？　あ、マーセラス。

マーセラス　殿下。

ハムレット　よく来てくれた。エルシノアなんぞで何をしている。深酒《ふかざけ》を覚えるくら

＊　ギリシア神話に出てくるニオベは十四人の子沢山を自慢したため、その子供たちを神々に殺され、嘆き悲しんで石になった。

いが落ちだぞ、ここでは。

ホレイショ　つい怠け癖が出まして。

ハムレット　君の口からそんなことを聞かされても、信用できんな、君が怠け者だなどと。何しにエルシノアへやって来たんだ？

ホレイショ　お父上の御葬儀を拝《はい》しに。

ハムレット　皮肉はよしてくれ。いっしょに机を並べた仲ではないか。母の婚礼を見にだろう。

ホレイショ　確かに、いささか急なことで。

ハムレット　倹約だ、ホレイショ、倹約だ。葬式に出した焼肉の冷えた奴を、そのまま婚礼の食事に出そうというのさ。こんな思いをさせられるとは。天国で仇敵にめぐり会ったとでもいうほうが、まだましというものではないか。ああ、父上——今もお姿が見えるようだ。

ホレイショ　どこに。

ハムレット　心の目にな。

ホレイショ　一度、お目にかかったことがございました。立派な国王でいらっしゃった。

ハムレット　あれこそは人間だった、どこから見ても。あれほどの人には、もう会えまい。
ホレイショ　それが、実は、昨夜、お見かけ致しました。
ハムレット　見た？　誰を。
ホレイショ　国王を。お父上を。
ハムレット　ハ、ハ、父上を？　国王をだと？
ホレイショ　しばらく驚きを抑えてお聞きください。この不思議、残らずお話し申しあげます。こちらの、この二人が証人。
ハムレット　聞かせてくれ。
ホレイショ　この二人が見張りに立っておりますと、二晩つづけて、一切が静まり返ったまさに真夜中、お父上さながらの姿をした異形《いぎょう》の者が、全身甲冑に身を固め、怖ろしさに目もつぶれんばかりの二人の前を、手にした杖も触れるかと思うほどの近さで、通りすぎたと申します。二人はひそかに、私にこの事実を伝えてくれ、次の晩は、私も見張りに加わりました。すると、まさしく二人の言葉どおり、寸分たがわぬお姿で、亡霊が現われたではございませんか。お父上のお姿なら、私、よく存じております。この左右の手にしても、あれほど似てはおりますまい。

ハムレット　奇怪《きっかい》なことだ。

ホレイショ　命にかけて、これは事実でございます。ともかく、殿下にお知らせするのが私どもの義務と心得まして。

ハムレット　場所は？

マーセラス　見張りに立った城壁の上。

ハムレット　言葉をかけてはみなかったのか？

ホレイショ　かけてみました。だが答えない。いや、一度は何か言いたげに頭を上げたちょうどその時、鶏の声がひびき、うろたえた亡霊の姿は、たちまち掻き消えてしまいました。

ハムレット　なるほど、なるほど。だが、胸がさわぐ。今夜も見張りに立つのか？

ホレイショ
バナードー
マーセラス　立ちます。

ハムレット　甲冑に身を固めて？

ホレイショ
バナードー　はい。
マーセラス
ハムレット　全身くまなく？
ホレイショ
バナードー　全身くまなく。
マーセラス
ハムレット　なら、顔は見なかったのか？
ホレイショ　いえ、見ました。顔当てを上げておりましたので。
ハムレット　その顔は？　怒りの表情――？
ホレイショ　というよりは、むしろ悲しげな。
ハムレット　蒼ざめて？　それとも朱《しゅ》を注《そそ》いだ――？
ホレイショ　いいえ、ひどく蒼ざめて。
ハムレット　こちらを見つめていたのだな？
ホレイショ　まばたきもせず。

ハムレット　いたかった、おれも。その場に。
ホレイショ　さぞ驚かれたことと。
ハムレット　だろうな、だろう。どのくらいいた?
ホレイショ　百数える間くらい——
マーセラス　もっとだ、もっと。
ハムレット　鬚《ひげ》には、白いものが混じっていたな?
ホレイショ　御生前そのままの銀色混じりで。
ハムレット　今夜はおれも見張りに立とう。また現われるかもしれん。
ホレイショ　かならず現われます。
ハムレット　父上の姿をとっている以上、たとえ地獄が口を開いて黙れと命じようと、話しかけてみなければならん。お前たち、今まで隠していてくれたのなら、なおしばらくは黙っていてくれ。それに、今夜この上どんなことが起ころうと、胸におさめて口には出すな。厚意にはかならず報いる。さらばだ。城壁の上、十一時と十二時の間、きっと行く。

ホレイショ
バナードー
マーセラス　かしこまりました。（三人、退場）

ハムレット　父上の亡霊が、甲冑に身を固めて。何かある。何かよからぬことが隠されている。ああ、夜が待ち遠しいぞ！　だが、それまでは、静かに待つのだ、わが魂よ。悪事はかならず露顕《ろけん》する、たとえこの大地全部が押し隠していようともな。

ハムレット、退場。

3（一幕三場）

レアティーズ、オフィーリア、登場。

レアティーズ 荷物は全部積みこんだ。もう船に乗らねばならん。だが発つ前に、言っておきたいことがある。ハムレット様が御執心のようだがな、いいか、オフィーリア、あの方の誓いなぞ信じてはならんぞ。今は愛しているかもしれない。心から誓っているのかもしれないが、しかし、気をつけろ、オフィーリア。たとえ貞節の鑑《かがみ》であっても、世間の口に戸は立てられぬものだからな。冗談ではない、真面目に聞け。だから、あまり馴れ馴れしくするのではない。さもないと、お前の名誉まで足をすくわれるぞ。

オフィーリア 真面目に聞いているじゃありませんか。大丈夫、名誉を危ない目に遭わせるようなことは致しません。でも、お兄様こそ、どこかのずるい神父様みたいに、私には天国へ行く道をお説教しておきながら、自分では、今言ったこともケロリと忘れて、勝手気ままのしたい放題なんて、そんな真似はなさらぬように。さもなければ、ご自分の名誉が息絶えますよ。

レアティーズ　そんな心配がいるものか。あ、父上が見えた。ありがたい、二度もお別れの挨拶ができるとはな。

ポローニアス、登場。

ポローニアス　なんだ、なんだ、まだこんなところに。船に乗れ、船に乗れ、さあ、早く！　帆は風をはらんで、後はお前が乗りこむばかり。さ、祝福をくれてやる。そう、それから教訓を二、三、頭に刻みこんでゆけ。「人に親しむはよし、だが狎《な》れるはよからず」「友は心して選べ。だが選んだ友は、鋼《はがね》のたがで心に縛れ」「みだりに喧嘩をしてはならぬ。だが、一度始めれば弱みを見せるな。以後、相手が怖れるまでやれ」「身だしなみには、できる限りの金をかけよ。だが派手すぎてもいかん。人柄はおのずと服装に現われるもの」。殊《こと》にフランスともなれば、身分ある人士は身だしなみには何より神経を使うからな。そう、それから、これが肝心。「汝《なんじ》みずからに誠実たれ」、さすれば夜が昼につづくが如く、他人にたいしても、またおのずと誠実であらざるをえん、さらばだ。気をつけてな。

レアティーズ　御機嫌よろしゅう。では、オフィーリア、先刻《さっき》言ったこと、忘れるな。

オフィーリア　この心に錠を下ろして仕舞いこみました。鍵は、お兄様にお預けしましょう。

レアティーズ、退場。

ポローニアス　先刻言ったこととは、なんだ？

オフィーリア　あの、ハムレット様のことを、ちょっと——

ポローニアス　それだ。いいところに気がついた。わしの耳にも入っている。お前、近頃、生娘《きむすめ》としての慎みも忘れて、ハムレット様とえらく馴れ馴れしくしているというではないか。もし本当なら——いや、本当の話としてこの耳にも入っているのだ。念のために言っておく。お前は、自分というものがわかっておらん。それではわしの立場はどうなる。お前の名誉はどうなる。
オフィーリア　でも、ハムレット様、何度も愛情を打ち明けてくださり——
ポローニアス　愛情！　ぬけぬけと、まあ、愛情だと！
オフィーリア　そればかりか、とても真剣に、神に誓いをお立てになって——
ポローニアス　椋鳥《むくどり》を捕える罠《わな》だぞ、そんなもの。そうともさ。血潮がカッカと燃えてくれば、口先が勝手に誓いの言葉を大安売。ともかくだ、これからはもっと生娘らしく慎め。そんな空手形をうっかり信用しようものなら、わしまで笑いものにされてしまう。
オフィーリア　お言葉のとおり、従います。
ポローニアス　手紙など受け取ってはならんぞ。「恋文は女の心に掛ける罠」。贈り物も突き返せ。それもこれも、純潔の錠をこじあけんがための情欲の鍵。さ、来なさい。男心というものはな、諺《ことわざ》にも言うとおり、「言葉ばかりはことごとしくとも、ことが終われば心も空《から》」だぞ。

ポローニアス、オフィーリア、退場。

4（一幕四場）

ハムレット、ホレイショ、マーセラス、登場。

ハムレット　この寒さはどうだ。風が肌に突き刺さる。何時だ？
ホレイショ　十二時少し前かと。
マーセラス　いえ、もう打ちました。
ホレイショ　聞こえなかったように思うが。

トランペットの音。

ホレイショ　あれは？
ハムレット　今夜は王が飲み明かすのだ。祝杯をあげ、よろめく足で踊りくるう。王がブドウ酒の杯をほすごとに、太鼓を鳴らし、ラッパを吹いてはやし立てる。にぎやかなことだ。

ホレイショ　この土地の慣習でございますか?

ハムレット　そんなところかな。この土地に生まれ、風習には慣れているつもりの私でも、この慣習だけは、守るより破ったほうがましだと思う。

亡霊、登場。

ホレイショ　そこに!　あれを!

ハムレット　天の御使《みつか》いよ、お守りください。救いの聖霊か、それとも呪われた悪霊なのか、天上の清らかな風をもって訪れたのか、それとも、地獄の毒気《どくけ》に吹き送られてやって来たのか、禍《わざわい》を望むのか、善意をもって現われたのか、それは知らん。だが、そのようなもの問いたげな姿を取って来た以上、話しかけずにいられようか。あえて呼ぼう。ハムレット、わが父よ、国王陛下。おお、答えてくれ。胸をしめつける、この疑惑の重荷を解いてくれ。葬儀をすませ、棺に納めたその体が、なぜに経帷子《きょうかたびら》を引き裂いて現われたのだ。安らかに地中に眠っているはずの亡霊が、大理石の墓石を押し破って、何ゆえこの地上にさまよい出るのだ。いったい何が言いたい？　屍《しかばね》が、またしても鋼鉄の鎧に身を固めて、おぼろな月影を縫ってこの世に現われ、この真夜中を恐怖で満たすとは。この世に捕われた愚かなわれらの心胆《しんたん》を震えあがらせ、人間の知恵には及びもつかぬ疑惑を突きぬけて悩ませるとは。言え！　言ってくれ！　何ゆえか。何が言いたい？

ホレイショ　手招きしている。殿下だけに言いたいことでもあるというのか。

マーセラス　あれ、ああして、丁重な身ぶりで、どこか、離れたところに来いとでも言うように。だが、行っては危ない。

ホレイショ　なりませんぞ、断じて。

ハムレット　何も言わぬな。よし、なら、ついて行ってやる。

ホレイショ　断崖《だんがい》へでもおびき寄せられたらどうします。海に突き出た絶壁の上、そこで急に怖ろしい姿にでも身を変えれば、理性を奪われ、たちまち狂気に突き落とされてしまうにちがいない。それを思えば――

ハムレット　まだ呼んでいる。行け、ついて行こう。

ホレイショ　なりません。

ハムレット　何を怖れることがある。命など惜しくはない。霊魂にまで手出しはできまい。霊魂は、奴と同様不滅だからな。行け。ついて行く。

マーセラス　なりません。

ハムレット　おれの運命が呼んでいるのだ。放せ！　邪魔する奴は切り殺すぞ。さあ、行け。ついて行こう。

ハムレット、亡霊を追って退場。

ホレイショ　妄想に憑《つ》かれたのか、あの取り乱しよう。

マーセラス　どこかが腐っているのだ、このデンマークでは。

ホレイショ　後を追おう。どんな変事が起こるかもしれん。

マーセラス　行こう。黙ってお言葉に従っている場合ではない。

ホレイショ、マーセラス、退場。

5（一幕五場）

亡霊、ハムレット、登場。

ハムレット　どこまで連れてゆくつもりだ。ここから先は、一歩も行かぬぞ。
亡霊　聞け。
ハムレット　聞こう。
亡霊　わしは、お前の父親の霊。真夜中だけはさまよい歩くことを許されるが、昼は間断《かんだん》なく業火《ごうか》の焔《ほのお》に身を包まれて、地上で犯した罪の汚れが焼きつくされ、清められる時を待つ身の上。
ハムレット　おお、痛ましい。
亡霊　哀れみなどいらぬ。それより、わしの語るところを、心して聞け。ハムレット、かりにも父を愛したことがあるのなら――
ハムレット　おお、神よ！
亡霊　おぞましい、凶悪非道の、殺人の罪に復讐してくれ。
ハムレット　殺人？
亡霊　そうだ。この上もない極悪の殺人。もとより殺人はすべて極悪、だが、この身に加えられた殺人ほどおぞましく、猛々《たけだけ》しく、非道をきわめたものがまたとあろうか。
ハムレット　ああ、早く、早く聞かせてください。空想の翼よりもまっしぐらに復讐へと突き進みましょう。
亡霊　よく言った。では、手短に言う。世に伝えられるところでは、わしは庭園でまどろんでいるところを、毒蛇《どくへび》に嚙まれて死んだことにされている。デンマークじゅうの耳が、このいつわりの話に欺《あざむ》かれている。だが、よく聞けよ。お前の父の命を奪った毒蛇は、今、この国の王冠をかぶっているのだ。
ハムレット　予感どおり、あの叔父が。
亡霊　そう、奴だ。あの不倫、不義の悪党めが、恥ずべき情欲を満たさんがため、贈物で攻め立て、甘言を弄し、ついに、あれほど貞淑と見えたわが妃を惑わしたのだ。

たとえ欲情そのものが、天使の姿を借りて言い寄ろうと、まことの貞女ならばけっして心を動かさぬはず。だが淫《みだ》らな女は、かりに輝く天使と結ばれていようと、天上の臥床《ふしど》に飽きて、ごみ溜めの腐れ肉を漁《あさ》るもの。だが待て、朝の空気のにおいがする。手短に言おう。いつものとおり、午《ひる》さがり、庭園にまどろんでいた時だった。油断を見定め、お前の叔父が、ヘボナの猛毒をもって忍び寄り、わが耳に、肉を腐らすその毒液を注ぎこんだ。人間の血を掻き乱すその劇薬は、たちまち水銀さながら速やかに、体内の血管ことごとくを駆けめぐり、あたかも乳に酢を滴《したた》らせたがごとく、すこやかに澄んだ血潮を濁《にご》し固めて、五体はたちまち膿《うみ》を吹き出し、癩病《らいびょう》やみさながら瘡蓋《かさぶた》におおわれてしまった。こうしてわしは、仮寝のひまに、おのが弟の手にかかって、王冠も、王妃も、命もろとも奪い取られ、生前に犯した罪の清めも終えぬまま、墓穴へ蹴落とされてしまったのだ。その怖ろしさ。ああ、なんという怖ろしさ！

ハムレット　おお、神よ！

亡霊　父を思う心があるなら、これを許してはならぬ。だが、よいか、どうあろうと、母にたいして、何事か企もうなどとは考えるな。母のことは天に委《ゆだ》ねよ。みずからの良心の痛みに任せるがよい。もう、行かねばならん。蛍の光も色あせた。朝が近い。ハムレット、さらばだ、さらばだ。忘れるな、父の言葉を。（退場）

ハムレット　おお、満天の星よ、大地よ、地獄まで加えようか？　忘れるなと？　忘れるものか、哀れな奴。記憶の表面から一切を拭《ぬぐ》い去って、お前の言葉だけをしっかと刻みつけておいてやる。そうとも、あの極悪の悪党め、人を殺し、女を犯し、しかも顔には、にこやかに微笑を浮かべて！　そうだ、手帳だ。書きつけておかねばならん。ほほえんで、ほほえみながら、非道を行なう奴もある。他所《よそ》では知らぬ。だがこのデンマークではそれが事実。さ、クローディアス、書きつけたぞ。そう、それに、あの言葉――「さらばだ、さらばだ。忘れるな、父の言葉を」。よし、これでよし。誓いは破らぬ。

ホレイショ、マーセラス、登場。

ホレイショ　殿下、殿下！

マーセラス　ハムレット様！

ホレイショ　ハムレット様！
ハムレット　ここだ。こっちだ。
ホレイショ　天よ、殿下を守りたまえ。
マーセラス　御無事でしたか。
ホレイショ　何事もなく？
ハムレット　実に不可思議な出来事だった。まこと不思議な。
ホレイショ　とは、どのような。お聞かせを。
ハムレット　いや、人に洩らす。
ホレイショ　私が？　いいえ、断じて。
マーセラス　私とても。
ハムレット　どう思う。かつて人間がこんなことをかりにも考え――秘密は守るな？
ホレイショ
マーセラス　｝天に誓って。
ハムレット　このデンマークに住む悪党は、みな大悪党だ。
ホレイショ　そんなことを言うために、わざわざ亡霊が墓を破って現われましょうか。

ハムレット　そのとおり、まさしく君の言うとおり。だから、もうこれ以上こまかい話は抜きにして、ただ握手して別れよう。君らにも用事もあれば、やりたいこともあるだろう。人間誰しも、それなりに用事もあれば、やりたいこともあるものだ。おれ自身の用事といえば、そうだ、祈りに行かなくては。

ホレイショ　とりとめもないお言葉ばかり。

ハムレット　気に障《さわ》ったか。許してくれ。すまなかった。

ホレイショ　気に障るなどと、とんでもない。

ハムレット　いや、実はあるのだ。大いにあるのだ。とんでもない障りがな。例の亡霊、あれは、悪霊などではなかった。だが、いいか、奴が何を話したか、それは、知りたかろうが、我慢してくれ。君らに、友人として頼みがある。

ホレイショ
マーセラス　頼みとは、どんな。

ハムレット　今夜目にしたこと、けっして口外しないでほしい。

ホレイショ
マーセラス　言うまでもございません。

ハムレット　いや、誓ってくれ。
ホレイショ　誓って口外は致しません。
マーセラス　私も誓います。
ハムレット　いや、この剣にかけて。この剣にかけて、誓え。
亡霊　（地下から）誓え！
ハムレット　ほう！　そんな所にいたのか、貴様。あの地下の声を聞いたな？　さあ、誓え！
ホレイショ　誓いの文句を。
ハムレット　「今夜目にしたこと、けっして他言はせぬ」、この剣にかけて、誓え。
亡霊　（同）誓え！
ハムレット　今度はこっちに来おったか。よし、なら、もう一度場所を移そう。こちらへ来てくれ。この剣に手をかけて、「今夜目にしたこと、けっして他言はせぬ」と、さあ、誓え。
亡霊　（同）誓え！
ハムレット　大した早業《はやわざ》！　それほど素早く地中を掘り進むとはな。よし、今一度場所を変えよう。

ホレイショ　なんということ！　このような不可思議がありえようとは！

ハムレット　この天地の間にはな、ホレイショ、哲学の思いも及ばぬことがあるのだ。だが、もう一つ、誓ってほしいことがある。今後おれが、たとえどのような奇怪な振舞に及ぼうと、おそらくは、狂ったような態度を取ることも必要になるだろうが、そんな時、けっしてしてはくれるな。腕を組み、頭を振り、意味ありげな言葉をつぶやき、いかにもおれの秘密を心得ているかのような、そんなそぶりは毛ほども見せるな。けっしてそのような真似はせぬと、神のお慈悲にかけて誓え。

亡霊　（同）誓え！

ハムレット　落ちつけ、落ちつけ。心乱れることはない。では、君たち、頼んだぞ。今は哀れな身の上のハムレットだが、やがて友情に報いる時も来よう。さ、行くか。だが、秘密は洩らすなよ。この世の関節が外れてしまった。なんという呪われた運命か、このおれが、そいつを正すために生まれつくとは。さ、行こう。

一同、退場。

6（一幕六場）

ポローニアス、レイナルド、登場。

ポローニアス　いいな、この手紙をな、息子に渡してくれ。それから、この金も。そして、勉学にはげめとな。いいな、レイナルド。

レイナルド　わかりました。

ポローニアス　だがな、息子に直《じか》に会う前に、ちょっとあいつの行状を探ってみてくれるとありがたい。つまりだな、まず、誰か、あいつの友人をたずねてだ、こんなふうに切り出してみる。「実は以前、あの方を存じあげておりまして」とか、それとも、「あの方のお父上を存じておりまして」とか。で、これこれの折に、あの方をお見かけしたが——つまりだな、賭事をしていたとか、大酒を飲んでいたとか、口論をしておった、ないしは、妙な女の家に出入りしておったとか――そのくらいまでならかまわん。

レイナルド　それでは、しかし、あの方の評判に瑕《きず》がつきましょうに。

ポローニアス　いやいや、そんなことはない。そこでだ、そこで相手が、もしも、お前の言ったことに相槌を打ってだな、そうそう、そういえば、私も昨日、でなければつい先日、これこれの時、サイコロを振っているのを見ただとか、へべれけに酔っていたとか、怪しげな家に入るところを見ただとか答えたとしたらどうなる？　わかるな、レイナルド？　つまりはだ、こうして、われわれ世の中を知る人間は、先を読む。裏から攻めて、表を取るのだ。わかったな？

レイナルド　わかりました。

ポローニアス　よし。では、元気でな。息子によろしく伝えてくれ。

レイナルド　かしこまりました。

ポローニアス　音楽の勉強も怠《おこた》るなとな。

レイナルド　心得ました。（退場）

オフィーリア、登場。

ポローニアス　（レイナルドに）気をつけてな。おお、オフィーリアか。どうした。

オフィーリア　ああ、お父様。なんという怖ろしい変わりよう！　ハムレット様が、あんな哀れなお姿になってしまわれるとは。

ポローニアス　なんだ。何がどうなったと？

オフィーリア　ハムレット様が、気が狂って！　私、一人で回廊を歩いておりました。そこへ、あの方が、虚《うつ》ろな目をして、靴下留めもしどけなく垂れ、靴の紐《ひも》も解《ほど》けたまま、私の顔をじっと見つめて、まるで、この世の見納めとでもいうかのよう。しばらくそうして立っておられましたが、いきなり私の手首を握りしめ、やがて大きな溜息をおつきになると、手を放し、黙りこくったまま、お行きになる。でも顔だけは、肩越しにこちらに向け、ドアを出て、そのまま行っておしまいに。

ポローニアス　恋のために気が狂ったか。お前、何か、つれないことでも言ったな。

オフィーリア　お手紙もお返ししました。贈物も。お父様のお指図どおりに。

ポローニアス　それで気が変になったのだ。まずいな。年をくっている分だけ、先の先まで読んでおくべきはずだったものを、早まった。そこまで思いつめているとは。だが、今さらどうしようにも。ともかく、王様の所へうかがわねば。来なさい。この狂気、今は手がつけられずとも、お前の恋を成就する手だてにはなるかもしれん。

ポローニアス、オフィーリア、退場。

7 (一幕七場)

王、王妃、ローゼンクランツ、ギルデンスターン、登場。

王 王子ハムレットが正気を失ったという噂、確かに、私も、大いに心を痛めている。そこで、お前たちに頼みたいのだ。わしの心痛を、いささかでも和《やわ》らげようと思ってくれるなら、そして、私のお前たちにたいする厚意を、いささかでも大事と思ってくれるのなら、王子の苦しみの原因を、なんとか探り出してはもらえまいか。デンマーク王は、感謝を忘れはせぬつもりだ。

ローゼンクランツ 私どもにできますことなら、なんなりと。御依頼などいただくよりも、むしろただ、「やれ」と御命令くださいますよう。私ども、敬愛と義務と服従によって、陛下にお仕えする臣下でございますゆえ。

ギルデンスターン　王子ハムレット様のお悩みの理由、両陛下のために探り出すこと、私どもにできます限りは、全身全霊をあげて相励《あい》みます。では、これにて失礼して、早速お務めにまいりとう存じます。

王　礼を言うぞ、ギルデンスターン、ローゼンクランツ。

王妃　礼を言います。ローゼンクランツ、ギルデンスターン。

ローゼンクランツ、ギルデンスターン、退場。
ポローニアス、オフィーリア、登場。

ポローニアス　陛下、只今ノルウェイから、大使二人、無事帰参いたしました。吉報でございます。

王　いつもよい知らせばかり持ってきてくれるな、お前は。

ポローニアス　私めが？　いえ、まったく、陛下にたいし、神にたいし、あらん限りの忠勤をつくすは、この命よりも大事な務めと存じております。で、実は、判明致したのでございます。さもなくば、手前の脳味噌、かつてほど俊敏に物事の筋が読み切れなくなったと申すもの。わかりましたぞ、ハムレット様の狂気の秘密が。

王妃　おお、わかりましたか。

大使二人、登場。

王　おお、ヴォルティマンド、ノルウェイ王はなんと言った。

ヴォルティマンド　くれぐれもよろしくとの、丁重な御挨拶でございます。当方の申入れにたいし、国王には早速使者をつかわされて、甥御《おいご》の徴兵を差止められました。ポーランド侵攻のための徴兵とばかり考えておられたとの由《よし》。けれども調査の結果、実は陛下にたいする企てであったとわかると、国王は大いに悲しまれ、病いと老齢のためとはいえ、真相を見誤ったとは、と恥じて、ただちにフォーティンブラスに中止を厳命。フォーティンブラスもこれに従い、国王から厳しい叱責を受け、二度と再び、陛下にたいして武器を構えることはせぬと、叔父上の御前で誓いました。国王は喜びのあまり、三千クラウンの年金を甥御に約束なさると同時に、募《つの》った兵は、ポーランド攻略のために用いる許可をお与えになった——ただし、ここにくわしく認《したた》めてございますが、陛下におかれましても、彼の軍勢が、デンマーク領内を通過する許可をお与えいただけぬかとの、お願いでございます。

王 うむ、満足だ。後でゆっくり読み、返事を書こう。よく務めを果たしてくれたな。礼を言う。退って休め。夜は、いっしょに祝宴を催そう。御苦労だった。

大使たち、退場。

ポローニアス この一件、まずはめでたく落着致しましたな。ところで陛下、王子ハムレット様の件でございますが、確かに殿下は御発狂――その点は確かと致して、さて、この結果の原因はそも何か、というより、むしろ、この欠陥の原因はと称すべきか。と申しますのも、かかる欠陥的結果にもかならず原因は存在するはず――

王妃 あの、もう少し手短に。

ポローニアス 手短に？ はい、はい、では、手短に申しあげます。私、娘が一人ございます。いや、むしろ、今のところはあると申すべきか。というのも、これだけは確かと安心しているものに限って、とかく失ってしまうのが人の世の常。で、さよう、王子様の件でございますが、陛下、この手紙を御覧ください。娘が、言いつけどおり私めに手渡したもの。

王　読んでみてくれ。

ポローニアス　よおくお聞きなされませ。「大地の奥に焔《ほのお》あるを疑うとも、星辰《せいしん》の天空をめぐるを疑うとも、真実の真実たるを疑うとも、疑いたもうな、わが愛を。とこしえに君のものなる、恋に悩める王子、ハムレット」。陛下、陛下はそれがしを、何者とお考えでございましょうか？

王　まことの友、赤心《せきしん》あふれる臣下と心得ているが。

ポローニアス　そのお言葉を裏切らぬことこそ、わが歓び。さて、この手紙を見ました時、私めが何をしたと思《おぼ》し召す？　私、娘に申しました。ハムレット様は、いやしくも一国の王子様。お前とは身分がちがう。お慕い申しあげるなどもってのほか。お手紙をお返し申し、贈物などいただかぬよう、お会いすることもならぬと申しつけました。娘は子として、私のいいつけに従いましたが、さて、王子様は、このように愛を拒まれて以来、あに図らんや、憂鬱に取り憑かれ、食事もなさらず、放心に陥《おちい》り、やがては悲嘆、ついには狂気の態《てい》となり、かくして今や、まったくの御狂乱に到《いた》り着かれたという次第。もしこれが真相でございませんようなら、どうか、

（頭と肩を指して）これからこれを切り離してくださいますよう。

王　本当にそう思うのか？

ポローニアス　なんと？　うかがいとうございますな、私めが、これはこうとはっきり申しあげた事柄で、実はそうでなかったなどということが、はたして一度でもございましたか？　いいえ、事情さえ整いますれば、事の核心、たとえ大地の中心に隠されておりましょうと、かならず暴き出して御覧に入れます。

王　どうすればいいというのだ？

ポローニアス　さよう、ハムレット様は、よくこの回廊をお散歩なさる。オフィーリアに、ここを歩かせておきましょう。やがて、王子がお見えになる。で、陛下と私は、壁掛けの陰に身を隠し、二人の出会うところを立ち聞きすれば、王子のお心のうちも、おのずと知れようと申すもの。もしこれが、恋ゆえの乱心ではないとわかるようなことでもございましたら、よろこんでお咎《とが》めをこうむりましょう。

王妃　あ、そこに、あの子が、書物を読みふけって。

ポローニアス　おそれながら、おはずしくださいますでしょうか。

王妃　わかりました。（退場）

ポローニアス　さ、オフィーリア、この本を読んでおれ。そこらを歩いておるのだ。いいな。わしと陛下は身を隠しておるからな。

王、ポローニアス、退場。
ハムレット、登場。

ハムレット　生か死か、問題はそれだ。死ぬ、眠る。それで終わりか？　そう、それで終わり。いや、眠れば、夢を見る。そうか、それがある。死んで、眠って、目が醒めて、永遠の裁きの庭に引き出される。そこからは、一人の旅人も帰ってきた例《ためし》のない、まったく未知の境。そこで神のお顔を拝し、救われた者はほほえみ、呪われた者は、地獄の業火の真只中へ。そうなのだ、これがなければ、誰がこの世の有為転変《ういてんぺん》を忍ぶだろう。飢えに耐え、暴君の悪虐に耐え、幾千の辛苦に耐えて、この忌まわしい人生の重荷を負って、汗にまみれ、喘《あえ》ぎ、呻《うめ》く者がどこにあろう、ただ短剣を一突きすれば、それで一切が終わるというのに。死後の世界を思うからこそ、心は乱れ、おののき、今のこの世の災厄《さいやく》に耐えるほうが、見も知らぬ国に飛び立つよりは、まだしもと思いとどまってしまうのだ。そう、こうして、この良心という奴が、われわれすべてを臆病者と化してしまう。あ、オフィーリア。祈っているのか。私の罪のことも、忘れずに祈ってくれ。

オフィーリア　殿下。今まで、よい折があればと念じておりました。今日は、お手許にお返し致しとう存じます。これまでに頂戴致しました、記念のお品の数々。

ハムレット　いや、何もやった覚えはないが。

オフィーリア　いえ、よくご存知のはず。ひたむきな愛の誓いのお言葉をそえて。石のように冷たい心も動くばかり。けれど、今はわかりました、貴《とうと》いお品も、お心が冷えては見る影もないものと。

ハムレット　お前、美人か？

オフィーリア　なんのことでございましょう。

ハムレット　美人でおまけに貞淑なら、貞淑には、美貌と付き合いはさせぬことだな。

オフィーリア　美しさに、貞淑以上の名誉がほかにございましょうか。

ハムレット　どうだろう。美貌という奴、貞淑をたぶらかして男を取らせぬとも限るまい、貞淑が美貌の性根を変えるよりはな。昔なら、これはただの逆説だったかもしれぬ。だが今は、立派にその実例があるではないか。お前を愛したことなど、一度もないぞ、このおれは。

オフィーリア　信じた私が、馬鹿だったのでございましょうか。

ハムレット　おれのことなど、信じなければよかったのだ。尼寺へ行け！　なぜ罪人《つみびと》を生もうとする？　このおれ自身、まずはまともな人間の部類だろう。だがそのおれだって、数々の罪にまみれ、母が生んでなぞくれなかったらと願うばかりだ。傲慢、野望、憎悪にみちて、この身に背負《しょ》いこんだその罪のおびただしさ、心のうちに数え切ることすらできん。こんな奴が天地の間を這《は》いまわって、いったい何をしようというのだ。尼寺へ行け！　人間は、一人残らず極悪人だぞ。おれを信じるなどと、馬鹿な！　尼寺へ行け！

オフィーリア　ああ、神様、この方をお救いください。

ハムレット　貴様の親父は、どこにいる？

オフィーリア　うちに、おります。

ハムレット　なら、奴の鼻先に戸を立てておけ。道化を演じるつもりなら、自分の家の中だけでやらせておくがいい。行け、尼寺へ！

オフィーリア　この方をお助けください、神様。

ハムレット　もし結婚するというのなら、この呪いを持参金にくれてやる。たとえ雪のように純潔だろうと、世間の悪口は免れぬぞ。尼寺へ行け！

オフィーリア　ああ、なんという変わりよう。

ハムレット　それでも結婚したいというなら、阿呆と結婚するがいい。利口なら、額《ひたい》に角《つの》の生えた化物になりたがる奴などどこにいる。行け、尼寺へ！

オフィーリア　神よ、どうか、この方を元のお姿に！

ハムレット　いいや、お前らが化粧を塗りたくることも知っているぞ。神様にもらった顔を、まるきり別物に変えてしまう。気取って歩く、尻を振る、甘ったれた口をきく。あやまちを犯しておきながら、知らなかったなぞとほざきやがる。畜生め、もう沢山だ。狂わずにいられるか。結婚など、この世から消えてなくなれ。現に結婚している奴らは、そう、そう、生かしておいてやってもいい、たった一人を除いてはな。行け、尼寺へ。尼寺へ！（退場）

オフィーリア　ああ、神様、あれほどのお方が、たちまちこんなお姿になりはてるとは！　宮廷の花、学者の鑑、武人の誉《ほま》れであったものを、すべてが砕かれ、散ってしまった。なんというみじめな定め、かつてを見た目で、今この有様を見ねばなら

ぬとは。（退場）

王、ポローニアス、登場。

王 恋だと？　ちがう。そんなものが原因ではない。何かしら、もっと深いものが奴の心を苦しめている。

ポローニアス 何かしら？　なるほど、何かしらにちがいない。いえ、陛下、しばらくご猶予をいただけませぬか。今度は私めが、じきじき探りを入れてみましょう。お任せください。あ、あそこへ、また見えられた。大丈夫、秘密はかならず探り出して御覧にいれます。あちらへ、さ。

王、退場。ハムレット、登場。

ポローニアス これは、これは、殿下。私が、おわかりになりますかな？

ハムレット わかっているとも、貴様、女郎屋の亭主ではないか。

ポローニアス 私が？ とんでもない。
ハムレット なら、せめて女郎屋の亭主ほどには正直でいてもらいたいな。今の世の中、正直者は一万人に一人もおらんからな。
ポローニアス 何をお読みで？
ハムレット 言葉だ。言葉。
ポローニアス いえ、その中身のことで。
ハムレット 誰と誰との仲のことだ？
ポローニアス いえ、その御本の中身は、何を言っているのかと――
ハムレット 悪口雑言《あっこうぞうごん》、罵詈讒謗《ばりざんぼう》。諷刺家の毒舌野郎が書いている。老人とは、目は落ちくぼみ、髪は白ちゃけ、脛《すね》は哀れに力なえて、膝は痛風にさいなまれ、しかもはなはだ知恵にとぼしく――どう見ても、全部まことの大嘘だな。おれだって、あんたくらいは老いぼれだ、蟹《かに》のように、うしろ向きに年を取るならな。
ポローニアス （傍白）油断のならんことを言う。だが、最初はわしがわからなんだではないか、女郎屋の亭主だなんぞと。やはり恋ゆえだ。恋の狂乱のなせるわざだ。そう、このわしだって、若い頃には遊び呆《ほう》けて、色恋ゆえに正気をなくしたこともあったさ、似たりよったり。（ハムレットに）外気はお体に障りましょう。中へお入りになりませぬか？

ハムレット　墓の中へか？

ポローニアス　（傍白）なるほど、墓の中なら外気は当たらん。一本取られた。（ハムレットに）では、殿下、ひとまず、お暇《いとま》をいただきます。

ハムレット　暇ほど喜んでやりたいものは、ほかにない。いくらでも取ってくれ。

ギルデンスターン、ローゼンクランツ、登場。

ハムレット　（傍白）老いぼれ爺いが！

ポローニアス　ハムレット様に御用か？　なら、あれに。（退場）

ギルデンスターン　殿下、御機嫌よろしゅう。

ハムレット　なんだ、ギルデンスターン。おお、ローゼンクランツ。よく来てくれたな。ここで学友に会えようとは。

ギルデンスターン　ありがとうございます。ウイッテンバーグ以来、お変わりない御様子、何よりと存じます。
ハムレット　ありがとう。だが、どうしてこんな所まで来た？　なんとなく来てみる気になって来たのか？　それとも、誰かに呼ばれて来たのか？　どうだ、おい、言ってくれ。どうなんだ。なるほどな。王と王妃に呼ばれて来たな？　そう、その目がちゃんと白状している。どうだ、呼ばれて来たんだな？
ギルデンスターン　なんと言えば、よろしいのか。
ハムレット　そういう風の吹きまわしか。あの二人が呼んだのか。
ローゼンクランツ　殿下、確かに私ども、お二人の御命令で参りました。できることなら、殿下の御不快の原因をうけたまわりたいと存じまして。
ハムレット　不快？　そう、不快だな、このおれは。望む昇進が得られんからな。
ローゼンクランツ　そんなことはないと――
ハムレット　いや、そうなのだ。そもそもこの世界、この宇宙というものが不快なのだ。星のきらめく天空も、陸も海も、そう、それに人間も――この宇宙の花たる人間という生き物自体が気にくわんのだ。笑ったな？　女は別だろうとでも言いたいのか。
ギルデンスターン　いえ、実は、人間がお嫌いならば、役者などは、とてもお気にいるまいと存じまして。来る途中、役者どもの一団を追い越したものでございますから。連中も、殿下にお会いしようと、道を急いでおりました。

ハムレット　役者ども？　どんな役者だ。

ローゼンクランツ　都の悲劇役者たちでございます、殿下がいつも御贔屓《ごひいき》にしておられた。

ハムレット　奴らがどうして旅になど出た？　売れなくなったのか？

ギルデンスターン　いいえ、評判は昔と変わっておりません。

ハムレット　それなら、なぜ――

ギルデンスターン　新しい流行に、すっかり人気をさらわれました。ついこの間まで連中の芝居を見に来ていた客が、今ではあらかた、子供芝居に乗りかえてしまったのでございます。

ハムレット　不思議はあるまい。ついこの間まで、父上の生前には、叔父には洟《はな》もひっかけなかった連中が、今では百ポンド、いや、二百ポンドはたいても、叔父の肖像画を買いたがる。だが、あの役者どもなら大歓迎だ。王様役には、うやうやしく御挨拶申しあげよう。武者修行の騎士殿には、思うさま立ちまわりをやってもらうぞ。恋人役の涙の口説《くどき》には礼もしようし、道化役には、はばかることなく笑わせていただこう。娘役も、思いのたけを存分にかき口説くがいい。

トランペットの音。ポローニアス、登場。

ハムレット　そら、大きな赤ん坊が来た。まだおむつをつけたままの御老人がな。
ギルデンスターン　確かに、老人は子供に返ると申しますもの。
ハムレット　予言してもいい、役者たちのことを言いに来たのだ。（空とぼけて）確かにそのとおり、この前の月曜だった、確かにな。
ポローニアス　殿下、お知らせでございます。
ハムレット　殿下、お知らせでございます。かつてロスキウス、*ローマの役者なりし頃――
ポローニアス　役者どもが到着致しましてございます。

＊　古代ローマで最もすぐれた役者。

ハムレット　ほうほう！

ポローニアス　ヨーロッパ広しといえども、あれほどの役者どもはおりませぬ。喜劇よし悲劇よし、歴史劇、田園劇、田園的歴史劇、歴史的喜劇、喜劇的歴史的田園劇よし、セネカも重すぎず、プラウトゥスも軽すぎず、世間の等しく認めるところ、劇界第一の役者どもで。

ハムレット　おお、これはイスラエルの名判官エフタ殿、*さても立派な宝を持たれたのう。

ポローニアス　エフタの宝、と申しますと？

ハムレット　美しい娘を一人、こよなく愛し――

ポローニアス　（傍白）相変わらず娘にかまけて。（ハムレットに）殿下、なるほど私めがエフタとならば、確かに愛する娘がございますが。

ハムレット　いや、それでは後がつづくまい。

ポローニアス　なんと言えばつづきますので？

ハムレット　後はそれ、歌の文句にあるではないか。「宿命か、神の御旨《みむね》か、悲しきめぐりあわせにて――」。おお、役者どもの到着だ。

役者たち、登場。

ハムレット　ああ、よく来た！　よく来てくれたな。みんな、本当によく来てくれた。おお、お前か。顔の額ぶちに鬚をつけたな？　その鬚が自慢したくてやって来たのか？　おお、これは姫君、靴の踵分《かかとぶん》背がお伸びあそばして！　だが気をつけろ、声にひびは入れるなよ。金貨同様、使いものにならなくなるぞ。ほんとに、みんな、よく来てくれた。早速、ひとくさり聞かせてもらおう。さわりをひとつ、激情的なセリフを頼む。

役者一、二、三、四　どのセリフに致しましょう？

ハムレット　うむ、いつか聞かせてくれた奴がいい。結局舞台にはかからなかったが――一度くらいはやったのかな？　とにかく、一般の客には受けなかった。猫に

＊　凱旋のときに最初に出迎えた者を犠牲に捧げると誓ったため、自らの娘を失うことになった司令官。「士師記《ししき》」十一章三十節以下を参照。

小判という奴だ。しかし、実にいい芝居だったぞ、あれは。私などより目のある連中も、口を揃《そろ》えて褒《ほ》めていた。なかんずく、あのセリフはよかったな。アイネイアスがダイドーに語って聞かせるセリフだ、あのトロイ落城の有様を。殊に、老王プリアモスの無慚《むざん》な最後を語る一節。憶えているか？ あのセリフ——ええと、待てよ、「猛《たけ》きピュロス」だったが……うん、思い出した。「猛きピュロス、その甲冑も、胸に抱《いだ》きし思いも、闇夜さながらドス黒く、かの呪われの木馬の裡《うち》に潜みいたりしが、今その黒金《くろがね》の鎧全身くまなく、爪先にいたるまで朱《あけ》に染まって物凄く、天地を焦がす紅蓮《ぐれん》の焔に身を焼く父、母、子らの血潮を浴びて、なおも探し求むる敵《かたき》はトロイの老王プリアモス——」。さ、つづけてくれ。

ポローニアス　いや、実に、殿下、おみごとでしたぞ。声といい、メリハリといい。

役者一　折しも老王、群がるギリシアの軍勢に打ちかからんと太刀振りかざせど、老いの腕《かいな》は心に任せず、振り下ろしたる大太刀をその場にどうと取り落とす。そこへ来かかる、かのピュロス、なんじょうこの機を逃さん。真向微塵《みじん》と切ってかかれば、はやる心に狙いは外れ、老王危うく逃れたれど、切先《きっさき》鋭きその太刀風に、脆《もろ》くもよろめき倒れたり。

心なきトロイの城も、この一撃に感じてか、燃えさかる櫓《やぐら》の頂、その時どっと崩れ落ち、その凄まじき轟音《ごうおん》に、ピュロスも耳を聾《ろう》したるか。見れば、老王の真白き頭上に振りかざせしまま、その太刀あたかも、空中に凍りつきたるが如く動かず。一瞬、彫像と化したかと思うばかりに仁王立ち。その場にしばし立ちつくす。やがて嵐の来たらんとして、天は静まり、雲も動かず、風息ひそめ、地上また、死の如き沈黙に包まれると思うその時、突如、雷鳴、虚空をつんざく。その雷鳴にも似て、ピュロス、ハッとわれに返るや、いや増す憤怒に身を任せ、軍神マルスが不朽の甲冑を鍛えし、かのキュクロプスの鉄槌《てっつい》もかくやとばかり、血潮に飢えしその太刀を、ここぞとばかりに老王の頭上に振り下ろす。

ポローニアス　長いな、どうも。

ハムレット　ならば、床屋へ行って切ってもらおう、その鬚もいっしょにな。畜生め。（役者に）こいつはな、道化踊りか猥談でなければ眠りこんでしまう御仁《ごじん》だ。さあ、先を。ヘキュバだ。ヘキュバのくだりをやってくれ。

役者一　おお、されど、誰か見し、かの面《おもて》くるめる妃の姿。

ポローニアス　「面くるめる」？　「面くるめる」とはよかったな。

役者一　城にどよもす戦《いくさ》の響きに驚きて閨《ねや》を駆け出《い》で、昨日まで王冠を戴きし頭には襤褸《らんる》引きかずき、あまたの子宝儲けし細腰には毛布まといたるその姿、見し者誰か悲憤して運命の神を呪わざらん。しかも今や、ピュロスは残忍無慚にもその凶刃に、老いたる夫の四肢を刻み、肉をえぐる。この惨状をまのあたりにして、たちまち発する老女の叫び。これを見、これを聞くならば、天上の神々とても動転し、天空に燃ゆる星の眼《まなこ》も涙あふれて慟哭《どうこく》すべし。

ポローニアス　あれ、あの有様を。顔蒼ざめて、涙まで流している。もうよい。もうよい。そこまでだ。

ハムレット　結構だった。みごとだったぞ。ポローニアス、役者たちに宿の支度を頼む。役者は時代の縮図、年代記だという。死んだ後でまずい墓碑銘を頂戴するほうが、生きている間に奴らに悪口を叩かれるよりはましだからな。

ポローニアス　分相応の扱いは致しましょう。

ハムレット　何を言う、もっと手厚くもてなしてやれ。分相応の扱いを受けるとなれば、鞭打ちの刑を免れる人間なぞ一人もおらんぞ。お前の身分にふさわしくもてなすのだ。相手にその値打ちがなければないだけ、お前の親切が光るというもの。

ポローニアス　さあ、では、こちらへ。（退場）

ハムレット　あ、ちょっと。お前たち、「ゴンザーゴ殺し」はやれるか？

役者一、二、三、四　はい。

ハムレット　それなら、私が十二、三行セリフを書き加えたら、それも覚えてもらえるな？

役者一、二、三、四　はい、そのくらいなら雑作《ぞうさ》なく。

ハムレット　ありがたい。さ、あの御老人についていけ。だが、いいか、あんまりからかうんじゃないぞ。あの御仁を。

役者一、二、三、四　かしこまりました。

ハムレット以外、すべて退場。

ハムレット　ああ、なんというろくでなしだ。このおれは！　あの役者、目には涙すら浮かべて――ヘキュバのために。だが、奴にとってヘキュバがなんだ？　ヘキュバにとって奴はなんだ？　もしおれほどの恨みがあれば、奴はいったいどうしたろう。父を殺され、王位までもぎ取られていたとしたら、涙の一滴一滴を血のしずくと化し、激情の叫びに観衆の胆を抜き、小屋じゅうを憤激の嵐に叩きこんでいたにちがいない。ところがおれは、まるで薄のろ、夢から夢へとその日を暮らす、のらくら者、悪党に父の命を奪われながら、ただ手を拱《こまね》いてうわの空。なんという腑甲《ふが》斐《い》なさ。この鬚を引っつかまれ、鼻をとってねじ上げられ、大嘘つきと正面切ってののしられても、ただ黙って引きさがるしかない。それともおれには、そもそも怒り、憎しみの情がないのか？　もしあるのなら、今頃は、あの悪党の腐れ肉で、大空の鳶《とび》を肥やしているはずではないか。あの悪党——狡猾《こうかつ》、好色、残忍、非道、人非人の悪党めが！　なんと、おみごと。子でありながら、まるで売女《ばいた》。淫売さながら、ただ口先でののしるばかり。考えろ、考えるのだ。そうだ、聞いたことがある。罪を犯した男が、芝居を見ていて、舞台の真実に魂を揺すぶられ、思わず、殺人の罪を白状したことがあるとか。おれの見たあの亡霊は、あるいは悪魔が、姿を変えた幻影だったのかもしれぬ。おれが憂鬱に取り憑かれている弱みにつけこんで、おれを地獄へ堕《お》とそうと謀《はか》っているのかもしれぬ。もっと確かな証拠がほしい。芝居だ。芝居を使って、奴の良心を罠に掛ける。それだ。

8 （二幕一場）

王、王妃、ポローニアス、ローゼンクランツ、ギルデンスターン、登場。

王 どうしても探り出せぬというのか、ハムレットの狂気の原因が。お前たちはあれの親友、しかも、ごく若い頃からの付き合いなら、ほかの者には明かさぬことも、聞き出せそうなものだが。

ギルデンスターン できます限りは、御不快のもとを引き出そうと致しましたが、いつもよそよそしく私どもを遠ざけて、お答えになろうとはなさいません。

ローゼンクランツ けれどもお別れする折には、多少とも陽気な御気分におなりかと拝せられました。どうやら今夜、芝居を御下命《ごかめい》になった御様子。両陛下にも、ぜひ御見物くださるようお望みとうかがいました。

王　よろこんで見物しよう。そんな気になってくれてよかった。二人とも、あれの気持ちをもっと明るくするように仕向けてくれ。費用は厭《いと》わん。御苦労だった。これからも、よろしく頼むぞ。

ギルデンスターン
ローゼンクランツ　｝かしこまりました。

王妃　私からも礼を言います。デンマーク王妃にできる限りは、なんなりと望みはかなえましょう。

ギルデンスターン　では早速、これよりまた殿下のお相手にまいります。

王　頼んだぞ。(二人、退場)。ガートルード、あなたも見物なさるか、その芝居とやら。

王妃　致します。なんにせよ、あの子がそんな気分になってくれたとは、心底うれしい。

ポローニアス　お妃様、私めの申すこと、お聞きいれくださいましょうか。陛下、御免をこうむって申しあげとうございますが、ハムレット様の御不快の原因、いまだ明らかになってはおりませぬ。そこで私、思いまするに、いかがでございましょう、

王　こういうことに致しましては。

ポローニアス　つまりでございます。この芝居が終わり次第、お妃様が、急ぎハムレット様をお呼びになる、話したいことがあるからと。そこでこの私めが、お部屋の垂幕の陰に身を隠す。さてお妃様は、何がハムレット様のお悩みの種であるかお問いただしになるならば、王子様も、母上様への御愛情からしても、子としての務めからも、かならずやすべてをお打ち明けになるはず。いかがでございますな、陛下？

王　よいと思うが。ガートルード、どうかな？

王妃　よろこんで。すぐに使いをやりましょう。

ポローニアス　なら、私めがそのお使いに立ちましょう。王子様が心のうちを明かされるのを、誰より願っております私めでございますから。

王、王妃、ポローニアス、退場。

9（二幕二場）

ハムレット、役者一、登場。

ハムレット　いいな、セリフは私の教えたとおり、スラスラと、舌の上で転がすように喋《しゃべ》ってくれ。君ら役者連中は、とかく大仰に喚《わめ》き散らすが、そういう手合いにセリフを喋られるくらいなら、いっそ牛にでも吼《ほ》えてもらったほうがましだからな。それから、こう、まるで鋸《のこぎり》でも引くように、両手で空《くう》を切るのも困る。すべて演技は抑制が肝心だ。いや、実際、まいるよ、荒法師みたいな役者が大層なかつらをかぶって、感情の激したセリフをズタズタに引き裂いてしまうのはな。無知なお客の鼓膜でも破るつもりか。だがそんなお客は、わけのわからん黙《だん》り芝《ま》居か、ただもう雑音がガンガン鳴っていれば得心するという連中だ。ああいう役者は鞭打ちにしてやりたいな。やりすぎだ。暴君ヘロデもたじたじだぞ。

役者一　私どもの一座では、その点、多少は改めたつもりでございますが。

ハムレット　いや、それならいっそ完全に改めてもらいたい。いつか見た役者の芝居、評判はすこぶるよかったが、しかしその歩き方たるや、キリスト教徒でもなければ異教徒でもない。そもそも人間の歩き方というものでもない。肩を怒らし、ふんぞり返り、胴間声《どうまごえ》をはり上げて、あれではまるで、自然の神様が日雇いの職人に作らせた人間のできそこない。およそ人間を演ずるのに、あんな不様《ぶざま》な芝居があるか。ああいうのだけは勘弁してくれ。

役者一　かしこまりました。

ハムレット　それから、もう一つ。道化役には、いいか、台本に書いてないセリフなど喋らせるな。いや、実際、道化の中には、馬鹿なお客を笑わせようと、肝心の芝居の筋はそっちのけ、自分からゲラゲラ笑い出してしまう奴がいる。ああいう手合いは、ケチな了見が見え見えで、白けることおびただしい。よく言っておいてくれよ。頼むぞ。

役者一　申し伝えます。

ハムレット　よし。じゃあ、行って、支度をしろ。

役者一、退場。

ハムレット　ホレイショ。ホレイショ！

ホレイショ、登場。

ホレイショ　殿下、何か？

ハムレット　ホレイショ。君は、私が今まで付き合ってきた人間の中で、誰より頼り甲斐のある男だ。

ホレイショ　殿下――

ハムレット　世辞を言っているというのか？　ちがう。君に世辞など言ってなんの得になる。べんちゃらなど、人の顔色ばかり気にする連中に任せておけばいい。人に褒められてやにさがる手合いなら、世辞を言って機嫌を取ることもできよう。だが、君のような人間に追従《ついしょう》は無用だ。今夜、芝居がある。その中に、父上の殺害そっくりの場面がある。その場面が始まったら、いいか、王の顔をよおく見ていてくれ。表情一つ見逃すな。私も奴の顔から目を離さん。もし、あれを見ても眉一つ動かさぬようなら、われわれの見たあの亡霊は、悪魔の仕業だ。頼むぞ、ホレイショ。目を離すなよ。

ホレイショ　王の顔色にどんな瑣細《ささい》な変化が現われようと、けっして見逃しは致しません。

ハムレット　ああ、連中が来た。

王、王妃、ポローニアス、オフィーリア、その他、登場。

王　どうだ、ハムレット、加減は？　芝居が始まるそうだな。

ハムレット　カメレオンさながら、空気を食って生きのびております。肉でも食わねば空腹で、空腹で。（ポローニアスに）大学時代、劇をやっておられたとか？

ポローニアス　致しておりました。なかなかの役者という評判を取りましてな。

ハムレット　何をやった。

ポローニアス　「シーザー」を致しました。元老院で殺されましてな、ブルータスに。

ハムレット　ほう、養老院で殺されたと？　ブルータスという奴、よほどの無頼《ぶらい》の士と見える。役者どもの用意はいいな？

王妃　ハムレット、ここへ来て、私のそばにお坐り。

ハムレット　いいえ、こちらにもっと、引力の強い磁石がございますから。お嬢様、お膝に寝かせていただけるか？

オフィーリア　いいえ、殿下。

ハムレット　この頭を、そのお膝の上に寝かせてはいただけぬか？　恥ずかしいことでもされると思ったのか？

（黙劇）

王と王妃、登場。二人は抱擁し、王妃はひざまずいて愛の誓いを立てる。王は王妃の手を取って立たせ、その肩によりかかる。花床の上に横たわり、眠る。王妃、王の眠ったのを見て、退場。やがてもう一人の男が現われ、王の冠を外して接吻し、眠っている王の耳に毒を注ぎ、去る。王妃が帰ってきて、王の死んでいるのを発見し、はげしく愁嘆。

毒殺者が、数名の手下をつれて再び登場し、王妃と共に嘆く仕草。死骸が運び去られる。毒殺者は、贈物をささげて王妃に言い寄る。王妃はしばらくはつれなくしているが、やがて男の愛を受け入れる。（退場）

オフィーリア　今のは、なんでございます？

ハムレット　すぐにわかるさ。

序詞役《じょことばやく》、*登場。

ハムレット　この男が話してくれるよ。

オフィーリア　お芝居の筋を話すのですか？

ハムレット　そう、お前の芝居の筋書もな。役者という奴、秘密を守ったためしがない。奴が必ずおおっぴらにしてくれる。おおっぴらに芝居をして見せるがいい。なんでも喋ってしまいやがる。

---

* 芝居冒頭であらかじめ物語の流れなどを説明する役。

序詞役　われらが一座がため、かつは、われらが狂言のため、なにとぞ御静聴くださいますよう、伏して乞い願いあげ奉《たてまつ》りまする。（退場）

ハムレット　あれが口上か。それとも指輪の銘か。

オフィーリア　短《みじこ》うございますこと。

ハムレット　女の愛のようにな。

（劇中劇）

王と王妃、登場。

（王）　幸せの時、われらが心を一つに結びしより、はや四十たび年の瀬も寄せては返った。かつては健やかに血管を巡った血潮も、今は力なく淀みこごって、去りし頃は、わが耳に心地よかった楽《がく》の調べも、老いの身には、また耐えがたい重荷と化した。この世に生を享《う》けし者、誰しも終わりは免れぬ。われもまた天に帰って、そなたをば、地上に残してゆかねばならぬ時は迫った。

（王妃）　仰《おっしゃ》いますな。聞くだに心裂かれる思い。あなたがこの世を去られる時は、私もまた、この世に留まるつもりはございませぬ。

（王）　取り乱すな。わが命の果てたその時は、そなたは新しき夫を迎えるがよい。もっと若く、賢く、身分も高き第二の夫を。

（王妃）　おやめください。かりにも私が、さような振舞をするようなれば、この身に呪いがかかるがよい。第二の夫を迎えるは、第一の夫を殺すも同じく、第二の夫が私に口づけするときは、すでに亡き夫を、重ねて殺すにもひとしいこと。

ハムレット　苦いな、苦いな、この苦よもぎ。

（王）　今のその言葉、疑うわけではさらさらない。だが、一度心に決めたことも、ついつい破るは人の世の常。心に思うは意のままでも、思いを果たすは意のままならず。今はそなたも、二夫にまみえるつもりはなくとも、夫が死ねば、その決心もつい死に絶えよう。

（王妃）　この世にあっても、あの世に生まれ変わっても、後家となって、ふたたび妻となることあらば、永遠の責め苦がこの身につきまとうがよい。

ハムレット　さて、その誓い、守れるかな？

(王)　その言葉、まことの誓い、うれしいぞ。では、しばらく一人にしておいてくれ。頭が重い。この物憂さを、午睡の夢にまぎらそう。

(王妃)　健やかな眠りに、お心をお休めくだされ。われら二人の上には、けっして禍《わざわい》の訪れませぬよう。（退場）

ハムレット　お妃様、お気に召しましたか、この芝居？

王妃　あの妃、誓いの言葉がくどすぎるように思えるけれど。

ハムレット　いや、守るにちがいないと思いますけれど。

王　芝居の筋は聞いておるのか？　障りなどあるまいな。

ハムレット　障り！　とんでもない。ただのお芝居、冗談に毒で殺すまでのこと。

王　なんという芝居だ？

ハムレット　「ねずみ取り」。いえ、ただの落とし話です。それとも落とし穴かな。ウイーンで起こった人殺しを種にしくんだお芝居で、王様の名前はゴンザーゴ、お妃様がバプティスタ。陰気な話ではあるけれど、別に気にすることはない、心にやましいことさえなければ。脛《すね》に傷でもあれば、チクリと来るかもしれませんがな。

殺人者、登場。

ハムレット　あ、今出て来たのがルシアーナス。王の甥めにございます。
オフィーリア　まるで説明役みたいによくご存知。
ハムレット　存じているとも、お前の心の中までな。どれほど忍んでいようとも、恋の思いは隠しおおせぬ。
オフィーリア　今夜はずいぶん、はしゃいでいらっしゃる。
ハムレット　誰が。おれが？　そうとも、おれは天下の道化役、はしゃがなくてどうする。見るがいい、母上がどれほどはしゃいでいらっしゃるか。父上が死んで、まだ二時間とはたたぬというのに。

オフィーリア　いえ、二ヵ月の二倍にもなっております。

ハムレット　なに、二ヵ月となな？　ほほう！　なら、黒服は悪魔にでもくれてやるか。死んで二ヵ月もたつというのに、まだ憶えていてもらえるとはな。（役者に）人殺し、早くやれ。馬鹿、そんな妙な面《つら》はさっさとやめて、早く始めろ。さあ、「しわがれし大鴉《おおがらす》の声、復讐を求めて叫び」。

（殺人者）　思いは黒く、手は素早く。薬は強し、時もよし。やるなら今だ。見ている者は一人としてない。さあ、毒液よ。真夜中の草から搾り集め、魔女の呪いを三たび受け、三たび毒気を吸ったおぬし、健やかなる命を、たちまちに絶て！

殺人者、王の耳に毒薬を注ぐ。

ハムレット　毒薬を注いで、王位を奪う。

王　灯りを！　灯りを！

ポローニアス　灯りを！　灯りを持て！

王、王妃、臣下たち、退場。

ハムレット　ハッ！　嘘の火の手におびえたか。撃たれた鹿は泣くがいい。無傷の鹿は跳ねるがいい。笑う奴あれば泣く奴もある。それがこの世さ。

ホレイショ　うろたえましたぞ、王は。

ハムレット　うろたえやがったな、奴め。あの亡霊の言葉、デンマークじゅうの金を使い果たしても買ってやる。

ローゼンクランツ、ギルデンスターン、登場。

ローゼンクランツ　殿下、もう一度お願い致します。御不快の原因、お聞かせいただけませんか。

ハムレット　もし王様が、あの芝居、お気に召さぬとあれば、なるほど、それなりの訳《わけ》があるからだろう。

ギルデンスターン　殿下、お母君には、急ぎお部屋にお越し下さるようにとの仰せでございます。殿下とじきじきお話しになりたいことがおありとのこと。
ハムレット　よろこんで参上しよう、たとえ十人の母上が待ちかまえていようとな。
ローゼンクランツ　ですが殿下、なぜお話しくださいません、われわれに？
ハムレット　頼みがある。この笛を吹いてくれんか。
ローゼンクランツ　残念ながら、私、吹けません。
ハムレット　なら、君、頼む。
ギルデンスターン　いえ、私にも、笛は。
ハムレット　簡単なことだ。この穴を、こう押さえて、ちょっと息を吹けばいい。それだけで、すばらしいメロディーが流れ出る。
ギルデンスターン　しかし私ども、笛は吹けませんので。
ハムレット　頼む、お願いだ。後生だから。
ローゼンクランツ　できません。
ハムレット　ほう。すると、このハムレットは、それほど下らんものだというのか。おれの穴なら、押さえ方は心得ている。本音を鳴らすことも思いのままだというつもりか。おれの秘密を聞き出すだと？　笛より扱いやすいとでも思っているのか。海綿なんぞに命令される男ではないぞ、このハムレットは。

ローゼンクランツ　海綿、と仰いますと。

ハムレット　そうとも、貴様ら、海綿だとも。王の厚意を吸いこむ。御褒美を吸ってふくらむ。だが王は、いざとなったらお前たちをギュッと絞って、与えたものを取り戻す。海綿は、また元どおり乾《ひ》からびるだけ。

ローゼンクランツ　殿下、失礼致します。

ハムレット　さらばだ。さらばだ。せいぜい御機嫌よろしくな。

ローゼンクランツ、ギルデンスターン、退場。
ポローニアス、登場。

ポローニアス　殿下、お母上がお呼びでございます。ぜひ話したいことがあるからと。

ハムレット　あの雲が見えるか？　ラクダの形をしている。ほれ。

ポローニアス　なるほど。ラクダの恰好でございますな。

ハムレット　いや、というより、むしろ、イタチに似ているかな。

ポローニアス　背中がイタチでございますな。
ハムレット　いやいや、クジラか。
ポローニアス　確かに、クジラで。（退場）
ハムレット　母に伝えろ、今すぐ行くとな。では、ホレイショ、今夜はこれで。
ホレイショ　おやすみなさい、殿下。（退場）
ハムレット　母上が呼んでいる、話があると。ああ、だが、暴君ネロの心を、この胸に入れてはならぬぞ。どれほど厳しく咎めようと、母であることを忘れるな。口には短剣のごとき言葉を発しようと、けっして傷つけるようなことはするなよ。

ハムレット、退場。

10（二幕三場）

王、登場。

王　ああ、この額の汗が露となって、おれの良心を洗い清めてくれさえすれば！　天を仰げば、目に映るのはわが咎《とが》。大地もまた叫びを発し、兄殺し、王殺し、密通の罪をなじる。どうしてこの罪が許されよう。いや、だが、たとえ、犯した罪は黒曜石《こくようせき》より黒くとも、改悛《かいしゅん》の祈りによって、雪のように白く清められるかもしれぬ。いや、しかし、いまだに罪を重ねたままでいながら、どうやって天に祈ればよいというのか。ええい、ひざまずけ。膝を折って、神のお慈悲を乞い求めるのだ。さもなければ、絶望しかないのではないか。

王、ひざまずいて祈る。

ハムレット、登場。

ハムレット やるなら、今だ。今こそ最後のとどめをさす時。復讐は成る。いや、だが待て。父上は、眠っているところを殺された。罪の汚《けが》れにまみれたまま。なのに、今、奴が魂を清めているところを殺すというのか？ 奴の魂は天国へ昇る。これがどうして復讐になる。むしろ救いになるではないか。剣を収めろ。賭事に夢中になってどなり散らしている時か、へべれけに飲んだくれている時か、それとも、おぞましい闇に快楽をむさぼっている時か、救いの余地のない行為にふけっているその時こそ、突き倒してやる。奴の踵《かかと》は天を蹴って、地獄の底へ真っ逆様。母上が待っている。いいか、今こうして助けてやるのも、貴様の苦しみを長びかせるためだからな。（退場）

王 言葉は天に昇っても、罪は地上に残ったまま。神を敵に回しては、王者といえども安らぎはない。（退場）

11 (二幕四場)

王妃、ポローニアス、登場。

ポローニアス 今にもこちらへお見えになります。それ、足音が。手前、この幕の向こうに隠れておりますでな。

王妃 そうしておくれ。

ポローニアス、垂幕の背後に隠れる。
ハムレット、叫びながら登場。

ハムレット 母上、母上! こちらでしたか。

王妃 ハムレット、お前、父上に向かって、なんということをしたのです。

ハムレット 母上、あなたは父上に向かって、なんということをしたのです。

王妃 何を言っているのです、ハムレット。

ハムレット 何を言っているのです、母上。さあ、ここへ坐って！ おれの言うことを聞くんだ！

王妃 何をしようというの？ 私を殺すつもり？ 助けて！ 誰か！

ポローニアス 誰か、来てくれ！ おい、誰か！

ハムレット くそ！ ドブネズミ、死ね！

ハムレット、垂幕ごしに短剣を突き立てる。
ポローニアス、転がり出て倒れる。

ハムレット 阿呆め、どこへでも出しゃばりやがって。さらばだ。もっとましな奴かと思ったのに。

王妃 なんということをしてしまったのです、お前は。

ハムレット どれほど大それたことだというのです。王を殺し、その弟と結婚するのにくらべれば――

王妃　なんですって？　王を、殺す？

ハムレット　そう、王を。坐るんだ！　その胸に、いささかでも人の言葉が突き通る余地があるなら、おのが魂の奥底をのぞかせてやる、どれほどドス黒くおぞましい罪が巣くっているか。

王妃　どうしようというのです。そんな猛々しい言葉を私に向かって――

ハムレット　どうしようというのか？　なら、見るがいい、これを、この絵を。これが、あんたのかつての夫。軍神マルスをもしのぐ気高い面《おも》だち。その目に射すくめられて敵はたじろぎ、この顔からはあらゆる美徳が輝きわたって玉座を飾り、王冠をきらめかせていた。そしてその胸にあふれる愛情は、婚姻の誓いそのまま、生涯変わることなく、あなたに注がれつづけていた。それが、殺された。卑劣きわまる殺人の罪によって、むごたらしくも命を絶たれた。これが、かつてのあなたの夫。だが、見るがいい、これが現在のあなたの夫。見るからに卑しい、人殺しの顔。地獄の焰を宿すこの目。この妖《あや》しい光に打たれては、総身に怖気《おじけ》をふるわぬ者は一人としてない。この方を捨てて、こんな奴に乗り換えるとは。どんな悪魔に唆《そそのか》されたというのです？　それとも、盲《めしい》なのか、あなたは。いやしくも目があるのなら、この父を見、この夫の姿を見ながら、どうしてこんな男と閨《ねや》を共にし、邪淫の快楽に身を任せることができるというのか。

王妃　ああ、ハムレット、もうやめて。

ハムレット　王者の鑑《かがみ》たるこの王を投げ捨てて、よくもこんな茶番芝居の王なぞと――

王妃　やめて。

ハムレット　なおかたくなに罪にふけり、汚辱《おじょく》の軛《くびき》をわれとわが手で首に掛け、汗にまみれて恥辱《ちじょく》を重ね、地獄につづくぬかるみの道にあえいで――

王妃　やめておくれ、ハムレット！

ハムレット　その年なら、情欲の焔も、もう鎮まっていいはず。若い頃の血潮のうずきも、また幼な子のように清らかに醒めていいはず。それを、そんな年で、まだ情欲にまどわされるなら、若い娘の熱い血を、誰に咎めることができよう。

王妃　ああ、ハムレット、お前の言葉で、この胸は、真っ二つに裂けてしまった。

ハムレット　なら、その汚《よご》れた半分は投げ捨てるがいい。清い半分だけを御自分のものになさい。

亡霊、登場。

ハムレット おお、救いたまえ、救いたまえ、天上の御使《みつか》いたちよ、その清浄の翼もて、われを護りたまえ！　ずるずる復讐を先へ延ばしているこの私を、叱るために来られたのか。ああ、そんな目で見つめないでくれ。石の心も哀れみに融け、復讐を遂げるべき力もなえてしまう。

亡霊 ハムレット、こうして今一度、お前の前に現われたのは、わが死に様《ざま》を、今一度お前に想い起こさせんがため。だが、見るがよい。母は怖れ、たじろいでいるではないか。言葉をかけてやれ、ハムレット。慰め、力づけてやってくれ。

ハムレット どうなさったのです、母上。

王妃 お前こそ、どうしたのです、ハムレット。宙に目を据え、何もない空《くう》に向かって語りかけて。

ハムレット 何もない？　見えぬのですか？　なんにも、聞こえないのですか？

王妃 いいえ、何も。

ハムレット 聞こえない？
王妃 聞こえない。
ハムレット あれを、それ、あのお姿を、父上を。父上が、生前そのままのお姿で、あんなに蒼ざめた顔をなさって、今、それ、そこを、出て行かれる！ あれが見えぬと？

亡霊、退場。

王妃 ああ、それこそ狂気のなせる業《わざ》。しっかりなさい、ハムレット！ ただの妄想、気の迷いです。忘れておしまい。
ハムレット ただの妄想？ 気の迷い？ いいえ、母上、これ、このとおり、私の脈は、母上同様乱れなく打っている。このハムレット、狂気に取り憑かれてなどおりません。母上、もし、かりにも父上を愛したことがおありなら、せめて今夜、汚《けが》れた閨《ねや》をお避けください。たとえ僅《わず》かずつでも、御自身を取りもどそうとなさってください。そのうちに、ついにはあの男を、おぞましいと思うようにもなりましょう。

そして、母上、私の復讐に力をそえていただきたい。奴が死ねば、母上の恥辱も共に死に果てるのです。

王妃　ハムレット、神様は、私たちの心の奥の奥までご存知のはず。その神様に誓って言います。私は、知らなかった、お前の父が、あの男に殺されたなどと、神にかけて、つゆ知らなかった。お前が復讐のためにどんな計略をめぐらそうと、けっして洩らすようなことはしません。さまたげるようなことは、けっしてしません。

ハムレット　それだけで十分です。では、母上、おやすみなさい。（屍骸《しがい》に向かって）さあ、来るがいい。お前の墓を見つけてやろう。生きてるあいだは、下らぬことをペラペラ喋る奴だったがな。

ハムレット、屍骸を引きずって退場。

王、ローゼンクランツ、ギルデンスターン、登場。

王　どうした、ガートルード。ハムレットはなんと言った。

王妃　まるで嵐の海のように荒れ狂って、おだやかに話しかける言葉も聞かず、いきなり私を引きずり倒して、母親であることも忘れたかのよう。ついたまりかね、助けを求めて声をあげると、ポローニアスも、思わず叫び声を発しました。その声を聞くが早いか、ハムレットは、やにわに剣を引き抜き、ネズミ、ネズミと叫びながら、狂乱のあまり、あの老人を刺し殺して。

王 なんということ。奴の狂気、もうこれ以上捨ててはおけぬ。奴を探し出せ。屍骸のありかを言わせるのだ。

ローゼンクランツ かしこまりました。

ローゼンクランツ、ギルデンスターン、退場。

王 そなたの息子、ただちにイギリスに出発させる。船の準備ももうできている。ローゼンクランツ、ギルデンスターンの二人を同行させて、イギリス王に親書を届けさせよう、ハムレットの世話をよろしく頼むとな。あの国の空気に触れれば、ここにいるより、あるいはあれの気分も晴れるかもしれぬ。あ、だが、そこに、あれが来た。

ハムレット、ローゼンクランツ、ギルデンスターン、登場。

ギルデンスターン　陛下、遺骸のありか、いっかなお話しになりません。

王　ハムレット、ポローニアスの亡骸、どうした。

ハムレット　食事の最中。いや、食っているのではない、食われているのだ。政治屋のウジ虫どもが、寄ってたかって平らげている。ふとった王様もやせた乞食も、奴らにとっては同じ食卓の料理二皿、大して味も変わるまい。よろしいか、そこな王様。王様を食ったウジ虫で魚を釣って、その魚を乞食が食うということもございまするぞ。

王　なんのつもりだ、その言葉。

ハムレット　いえ、別に。ただ、王様が乞食の腸《はらわた》の中を御巡幸なさることもあるというだけ。

王　そんなことより、どこへやったのだ、屍骸は。

ハムレット　天国に。もしそっちに見つからなければ、御自分でもう一方を探してごらんになるといい。もしまた万一そこにも見あたらぬようならば、あるいは大回廊の、階段のあたりが臭うかもしれませんな。

王　行け。探し出してこい。

ローゼンクランツ、ギルデンスターン、退場。

ハムレット　心配はいらん。急がなくとも、相手が逃げる気づかいはない。

王　ハムレット、お前のためを思って、ことにその健康をおもんぱかって、お前をイギリスに発たせることに決めたからな。風もよし、今夜早速船に乗れ。ローゼンクランツとギルデンスターンをつけて行かせる。

ハムレット　よろこんで出発致しましょう。では、母上、これにてお暇《いとま》を。

王　母上？　父ではないか、この私は。

ハムレット　いいえ、母上。あなたは母と結婚なさった。わが母上は、あなたの妻。夫と妻とは、一心同体。ですから、母上、これにてお暇申しあげます。さあ、イギリスへ！　出発だ！　（退場）

王　ガートルード、行って別れを告げるがよい。

王妃、ハムレットを追って退場。

王　行け、イギリスへ。行ったが最後、二度と帰ってはこられぬぞ。イギリス王への手紙には認《したた》めてある。あいつの顔を見れば即座に、理由などどうでもよい、わしにたいする忠誠にかけて、ハムレットの首を刎《は》ねろと。生かしてはおけぬ。奴の心に秘めた思い、捨ててはおけぬ。奴が亡きものとなるまでは、この心に平安はおとずれぬのだ。

王、退場。

12（二幕五場）

フォーティンブラス、隊長、太鼓手、登場。

フォーティンブラス 隊長、デンマーク王に挨拶を伝えてくれ。ノルウェイ王の甥、フォーティンブラス、取りかわした約定に従い、デンマーク領内を通過する許可を乞うとな。落ち合う場所はわかっているな？ よし。全軍、進め。

一同、退場。

13（二幕六場）

王、王妃、登場。

王 ハムレットは無事に発った。つつがない旅を祈ろう。私の望みどおり事が運べば、よい知らせが届くのもそう遠くはないはず。

王妃 本当に、無事でいてくれれば。神の御加護を祈るばかり。それにしても気がかりなのはオフィーリア。ポローニアスの死を嘆くあまり、かわいそうに、気がふれてしまったとか聞きましたが。

王 哀れなことだ。その上、兄のレアティーズが、ひそかにフランスから帰国しているという。父親の死を、黙って見過ごしているような男ではない。しかも、国民の半分は彼の味方についたという噂だ。なんとか、なだめる手だてを講じなければ。

王妃 あ、あれに、オフィーリアが。

オフィーリア、登場。

オフィーリア（歌う）
私のほんとの恋人を
どうして見わけりゃいいのやら
杖にわらじに貝のから
つけた帽子がそのしるし

経帷子《きょうかたびら》は雪のよう
花の香りにつつまれて
お墓に送る道すがら
恋の涙にぬれました

死んでしまったあの人は

死んでしまった　もういない
頭《こうべ》に草は青々と
足の方《かた》には白い石

王妃　オフィーリア、オフィーリア。どうしました、え？　オフィーリア。

オフィーリア　どうぞ、神様のお恵みを。私、悲しいの。みんなが、あの人を、冷たい土の中へ埋《うず》めてしまった。これが泣かずにいられましょうか。（歌う）

あの人　もう帰ってはこないのかしら
あの人　もう帰ってはこないのかしら
いえ　いえ　もう帰ってはこないのだもの
嘆いても　嘆いても　甲斐のないこと

お鬚も真白　雪のよう
髪も真白　麻のよう
行ってしまった　死にました
泣きの涙も　涸《か》れました

ああ、神様、あの方の魂に、どうぞお慈悲を。皆さま、御機嫌よろしゅう。いつも神様が、おそばにいらっしゃいますよう。（退場）

王　あのいじらしい娘が、なんという変わりよう。この世の歓びとは、いかにはかなく消え果ててしまうものか。今日は笑って生きていても、明日の命が誰に知れよう。だが、なんだ、あの騒ぎは。

騒がしい人声。レアティーズ、登場。

レアティーズ　（外に向かって）待て、待てみんな。おれが帰ってくるまで、ここで待っていてくれ。（王に）この悪党め！　父を返せ。おい、答えんか。なんとか言え！　父はどこだ。

王　死んだ。

レアティーズ　誰が殺した。言え。誤魔化しはきかんぞ。死んだのではない、殺されたんだ。

王妃　そのとおり。でも陛下のせいでは——

レアティーズ 誰が殺した。答えを聞くまでは引きさがらんぞ。

王 好きにさせてやれ、ガートルード。怖れることはない。国王の身には天の御加護が城壁をめぐらしている。反逆の剣など一指《いっし》も触れることはかなわぬ。好きにさせてやれというのに。お前の父は、殺された。それは事実だ。そのために、私もいたく嘆いているのだ。国家最大の柱石だったからな、お前の父は。だが、だからといって、お前、激情に身を任せて、敵と味方の見さかいもなく切ってかかろうというつもりか。

レアティーズ 味方なら、両腕をひろげて固くこの胸に抱《だ》きしめよう。だが、仇《かたき》となれば断じて許さん。かならず血の決着をつけてやる。

王 それでこそ、息子にふさわしい言葉というもの。彼の死にたいしては、私自身、心から悲しみにくれているのだ。その証拠に、遠からずお前にも納得がゆくことになるはず。だが、それまでは、つらかろうが我慢してくれ。早まったことをするのではない。

オフィーリア、登場。

レアティーズ　おお、オフィーリア。その姿は、どうした、オフィーリア。

オフィーリア　ありがとう。今まで、私、花を摘んでおりました。ほら、あなたには、悔やみ草をあげましょう。安息日《あんそくじつ》のお恵みの草ともいうけど。そう、私にも少し。いえ、その悔やみ草、そんなふうに持っちゃ駄目。ヒナ菊も。それから、あなた、私のいい人、マンネンロウをあげましょうか。思い出のしるしよ。ねえ、あなた、私のこと、忘れないでね。それから、そら、このパンジーも。ものを思えという花言葉。

レアティーズ　ありうるのか、こんなことが。こんなうら若い娘の正気が、老人の命ほどにも、はかなく朽ち果ててしまうなどと！

オフィーリア　あなたには、ウイキョウと、オダマキと、スミレをあげたかったのだけれど、みんな枯れてしまいました、お父様が死んだ時。悲しいなあ。聞いたことある？　フクロウは、もとはパン屋の娘だったのよ。今日のわが身はわかっても、明日のわが身は誰知らず。「私のいい人、スイート・ロビン――」。

レアティーズ　誰に耐えられよう、こんな悲惨が。

オフィーリア　いいえ、あなた、今それを言ってはいけない。ねえ、歌って。歌いなさい。「スイート・ロビン、スイート・ロビン」。王様の娘を、悪い執事が盗んだなんて。もし誰かに聞かれたら、こう言いなさい。（歌う）

明日《あす》はヴァレンタインの日　朝も早くに
娘は男の　窓辺に立つ
男は起き出でて　娘を中へ
けど帰るさにゃ　娘ではなし

駄目、聞いてなくちゃ。ほんとなのよ。つらいこと、でも、男はみんなそうなんだもの。悪い奴ら。だから娘は言いました。「だって、あなた、夫婦になるって、そう約束してくれたじゃないの。だから私も転がったのに」「そう、神かけて、お前が寝床へさえ来なかったら、きっと、夫婦になってたさ」。ねえ、もう、泣いちゃ駄目。私たち、みんな辛抱《しんぼう》しなくては。さあ、馬車を！　では、みなさま、おやすみなさい。おやすみなさい。御婦人方も、おやすみなさい。（退場）

レアティーズ　父を殺され、その上、妹まで、あんな浅ましい姿にされて！　こんな非道を働いた奴の頭上に、神の呪いが下るがいい。

王　レアティーズ、その、お前の悲しみ、高潮のごとく抑えきれぬことは、よくわかっている。しばらくはそれに耐えて、お前をこんな境遇に追いやった男に、みごと復讐する道をまず考えるのだ。

レアティーズ 悲しみは、怒りの墓に埋《うず》めましょう。今は、お指図に従います。だが、この怒り、一旦墓を破って躍り出れば、レアティーズは確かに父を愛する男であったと、世間に思い知らせてやる。

王 その真情、誰が疑おう。そしてその時が来るのも、そう遠い先のことではない。

一同、退場。

14（二幕七場）

ホレイショ、王妃、登場。

ホレイショ 御子息ハムレット様は、無事デンマークに御帰着になられました。只今、このお手紙が殿下から届いたばかり。それによると、王は、悪辣《あくらつ》きわまる計略によって、殿下のお命を絶とうと図ったよし。航海の途中、時化《しけ》のため一時港に避難した際、たまたまイギリス王にあてた密書を発見。そこには、かの地に到着次第、殿下の首を刎ねよとの厳命が認めてあった。あやうく計略を逃れた殿下は、ひそかにこのデンマークに御帰着なさったとのこと。なお詳しくは、お妃様と会われた折、じきじき報告するつもりと仰っておられます。

王妃 面《おもて》にはほほえみをたたえながら、裏ではそんな企みをめぐらしていたとは！

で、ハムレットは今、どこにいます？

ホレイショ　明日の朝、東の城門の外でお会いすることになっております。

王妃　かならず行ってやってください、ホレイショ。そして、くれぐれも気をつけるようにと、母がそう言っていたと、かならず伝えてください。うかつに姿を見せようものなら、かねての願いもかなうまいと。かならず、そのように。

ホレイショ　かならずお伝え致します。ですが、ハムレット様御帰着の知らせは、おそらく今頃はもう、宮廷にも届いているはず。どうか、国王陛下の言動に、よくよくご用心あそばしますよう。ハムレット様が帰って来られたとなれば、かならずや次の手を打ってくるはず。

王妃　わかりました。しばらくは、王の意を迎えている素振りをしましょう。で、あの二人はどうしました？　ギルデンスターンとローゼンクランツは。

ホレイショ　殿下一人、ひそかに船を逃れた後、二人はそのままイギリスに向かいました。幸い殿下は、亡き先王《せんのう》の印章をお持ちになっておられた由。そこで、殿下のお命を狙った密書の命令を、二人にたいして行なうよう、書きかえられたとのことでございます。

王妃 で、二人はそのままイギリスへ──それも、やむをえぬ時のはずみというものか。ともかくも、王子の命の助かったことだけは神のお恵み。では、ホレイショ、今はこれで。あの子に、母からくれぐれもよろしくと、忘れずに。

ホレイショ かしこまりました。

ホレイショ、王妃、退場。

15（二幕八場）

王、レアティーズ、登場。

王　ハムレットが帰ってきたと？　そんなはずがあるか！　第一、なぜだ、あの二人は行ってしまって、ハムレット一人が帰って来たとは。

レアティーズ　それこそむしろ望むところ、心底歓迎してやりましょう。思いもかけぬ吉報だ。これであいつに面と向かって言ってやれる、「思い知ったか」と。

王　早まるな、落ちつけ。まず、私の言うことを聞け。復讐は必ず遂げさせてやる。

レアティーズ　誰がなんと言おうと、遂げてみせます。

王　わかった。だから、まずおれの言うことを聞け。いいか、実は一つ、計略がある。奴が、何度も口にするのを聞いた。お前の武術の腕前を人が褒めるのを耳にして、奴、むらむらと負けん気を起こし、なんとかして、一度お前と手合せがしてみたいものだと、口癖のように言っていたのだ。

レアティーズ　それが、今の話とどういう――

王　だから、そこでだ。いいか、レアティーズ、私が、お前たち二人の試合に賭けをする。そうだな、十二回手合せをして、あれの腕前を考えれば、お前が三本以上差をつけることができねば、奴の勝ちと決めよう。こう差をつけられれば、奴、ますます負けん気を起こし、かならず試合を承知するにちがいない。さて、そこで、いよいよ手合せとなれば、試合用の剣の中に、切先《きっさき》の尖ったやつを一本、まぎれこませておく。しかもその切先には、猛烈な毒薬を塗っておく。試合のどさくさにまぎれて、その一本を手に取ることはたやすかろう。その切先が、もし奴の血をほんの一滴でも流そうものなら、奴、もう生きてはおれぬ。どうだ。これなら、お前にはなんの嫌疑もかかるまい。たとえハムレットの最愛の親友でも、まさかレアティーズの仕業とは、疑ってみることもなかろう。

レアティーズ　気に入りました。やりましょう。しかし、もしハムレットが試合を断わったとしたら――

王　大丈夫。とことんお前のことを褒めちぎって、いやでも試合をせずにはおれぬよう追いこんでみせてやる。そうだ、もう一つ、万一のやり損じもないように、毒を盛った杯を用意しよう。体がほてって飲物を求めれば、それがすなわち、奴の最後だ。

王妃、登場。

王　どうした、ガートルード、その悲しげな顔色は。
王妃　ああ、レアティーズ、お前の妹は、溺《おぼ》れて、死にました。
レアティーズ　溺れた？　どこで。
王妃　小川のほとり。柳の古木《こぼく》が、白い葉裏《はうら》を水に映して、深々と枝をたれている、その枝先に、オフィーリアが、とりどりの野の花を編んだ花環を掛けようと、身をよせかけたその時でした。意地悪くも枝は折れ、オフィーリアは水の中へ。しばらくは裳裾がひろがり、あの子は水に浮かんでいました。まるで人魚のように、ほほえんで、古い歌を、きれぎれに歌いながら、身にふりかかった禍《わざわい》も知らぬかのよう。けれどやがて、裳裾は水を吸って重くなり、哀れなあの子を水底《みなそこ》に引きずりこんで――

レアティーズ 死んだのか、オフィーリア、お前は。もう、水は沢山だろう。この上おれの涙で、お前を溺らせることはすまい。この胸の思いを晴らすには、復讐しかない。

王、王妃、レアティーズ、退場。

16（二幕九場）

道化二人、登場。

道化一　いけねえよ。この女に、本式のキリスト教の葬式をあげるってのは、やっぱりいけねえ。
道化二　どうしてです？
道化一　だってさ、溺れ死んだんだもの。
道化二　けど、自分で溺れ死んだんじゃないんでしょ？
道化一　そりゃそうさ。水で溺れ死んだのさ。
道化二　そいだったら、自分から進んで死んだんじゃないんだもの。
道化一　そんな理屈があるかよ。いいか、おいらがここに立ってる。で、もし水が、向こうからおいらのとこまでノコノコやって来たんなら、そりゃ、自殺にはならねえわさ。けれどもだ、もし、おいらのほうから水んとこまで出かけて行って溺れたんなら、こりゃあ、つまり、みずから進んで死んだってことになるじゃあねえか。だろう？　駄目、駄目、屁理屈じゃ、おいらにゃかないっこねえって。

道化二　いや、だけど、ほんとのこと言っちまえば、この女が葬式出してもらえるのは、お偉方の娘さんだったからでね。

道化一　おや、言いなすったね。まったくだ。世も末だね。身投げするにも首くくるにも、お偉方なら、こちとら平民どもより、大威張りでやれるなんてね。おい、酒を二本買って来ないか。頼むぜ。だがその前に、一つ返答を聞かしてみな。石工《いしく》よりも、大工よりも、船大工よりも、もっと丈夫な物を作るのは、誰だ？

道化二　え？　いや、だって、石工が一番じゃないんですかい？　だってさあ、何しろ石で作るんだもの、一番長もちするでしょうが。

道化一　ちげえねえ。だが、外れだね。もう一ぺんやってみな。さあ、もう一ぺん。

道化二　じゃ、大工だ。だって、首くくりの台を作るんだもの。一度こいつのお世話になりゃあ、長ァい眠りにつけるんだもの。

道化一　なるほど、ちげえねえな。けど、どうちげえねえか、考えてもみろ。首くくりの台ってもんは、悪いことをしたにちげえねえ奴らにしか役に立たねえんだぞ。なら、そんな返答をシャーシャーとしてやがるてめえも、悪い奴にちげえねえってことになるじゃあねえか。この悪党め、さっさと酒を買って来やがれ。いいか、もし今度また聞かれた時にゃあ、こう返答するがいい。そりゃ、墓掘り様だってな。だって、お前、墓掘り様のこさえる家は、最後の審判のラッパが鳴るまでもつじゃねえか。さ、とっとと酒、買って来い。

道化二、退場。
ハムレット、ホレイショ、登場。

道化一　（歌う）
若い時分にゃ　恋もして
惚れたはれたと　浮かれたが
いつのまにやら　うかうかと
時のたつのも　夢のうち

（ドクロを一つ抛《ほう》りあげる）

ハムレット　ほら、まただ。ひょっとすると、元は法律家だったのかもしれぬぞ、あのドクロ。汚ないシャベルで頭をこづき回されて、よく黙っているな。暴行罪で告訴でもしたらどうだ。お前の雄弁はどこへ行った、お得意のあの詭弁《きべん》は？　所有権、借地権、譲渡権、山ほど書類を積みあげて、大汗かいて走りまわったそのあげくが、たったこれだけの、泥のつまったドクロ一つ。なんという変わりようだ。よし、あの男と話をしてみよう。大将、誰の墓だな、この墓は？

道化一　あっしので。

ハムレット　いや、誰がその墓に入るのだ？

道化一　御覧のとおり、あっしが入っております。

ハムレット　どんな男が、そこに埋《う》められるのかと聞いている。

道化一　いえ、男じゃございません。

ハムレット　じゃ、どんな女だ？

道化一　いえ、女でもございません。実はね、旦那、生きているあいだは女だった死人でね。

ハムレット　なんと口のへらない奴だ。うっかりものも言えないな。一つ、教えてくれないか。人間は、どのくらい土の中にいると腐り出すものだ？

道化一　生きているうちから腐ってる人間も、結構おりやすがね。まあ、普通は八年、革屋なら、九年はもつかな。

ハムレット　どうして革屋は別なのだ？

道化一　仕事柄、皮になめしが利いてるからね。水気《みずけ》を寄せつけねえ。屍骸にとっちゃあ、なんてったって、この水気って奴が大敵だ。ジクジクジクジク、腐っちまう。そおら、このドクロなんざあ、もう十二年がとこ、土ん中にいますがね。そうそう、それ、ハムレット様が一騎打ちで、あのフォーティンブラスの野郎をやっつけた時からだ。ハムレットったって、先代の王様のほうですぜ。倅《せがれ》のハムレットのほうじゃあねえ。ありゃあ、気が狂っちまったそうだがね。

ハムレット　ほう、どうしてまた、気が狂った？

道化一　それが、不思議な話でね。正気をなくしたからだってんだが。

ハムレット　いや、だから、その原因はどこにある？

道化一　どこったって、そりゃ、ここに決まってまさあ、このデンマークに。

ハムレット　で、今、そのハムレットはどこにいる？
道化一　なんでも、イギリスへやられたって話ですぜ。
ハムレット　イギリスへ？　なぜ？
道化一　いえね、イギリスへ行きゃ、正気がもどるんだそうで。でも、まあ、あそこなら、別に正気に返らなくったって、平気だがね。
ハムレット　どうして。
道化一　だって、あそこじゃあ、誰もかれもみな気が狂ってるんだ。目立ちゃしねえよ。
ハムレット　（道化一がまた別のドクロを拾いあげるのを見て）誰のドクロだ、それは？
道化一　いや、こいつこそ気のふれた野郎だ。ひでえ野郎でね。一度なんざ、おいらの頭にブドウ酒を一本、ぶっかけやがった。知りませんかい？　ヨリックって野郎のドクロでさ。
ハムレット　それが？　見せてくれ。ああ、ヨリック、なんと哀れな姿になったのだ、お前は。よく知っていたのだ、こいつなら、ホレイショ。のべつ冗談ばかり言っていたが。何度おんぶしてもらったことか。ここに、あの唇があったのだな、数え切れぬほどおれにキスしてくれたあの唇が。ところが今は、どうだ、この姿。見るからに胸がむかつく。どこへ行ってしまったのだ、お前の軽口は、え、ヨリック？あの機知のひらめきは？御婦人方のお部屋へ出かけて言ってやれ。たとえ一インチこってりお化粧なさっても、今にこれ、このとおりの御面相《ごめんそう》におなりですぞ——そう言って笑わせてこいよ、おい、ヨリック。なあ、ホレイショ。アレクサンダー大王も、死ねばこんな顔になったのかなあ。

ホレイショ　そのとおりでございましょう。

ハムレット　そして臭いも、このとおり？

ホレイショ　はい。

棺を先頭に、神父、王、王妃、レアティーズ、その他、登場。

ハムレット　誰の葬式だ？　王や王妃まで葬列に加わるとは。誰か身分ある者にちがいない。しばらくあちらへ。

レアティーズ　これだけですか、式は。これだけなんですか、式は！

神父 失礼ながら、私どもにできます限りは、すべてのことを行ないました。教会の許す以上のことさえ致しました。国王陛下の特別の思し召しがなければ、本来、荒野《あれの》に埋められるべきはず。それを、こうして、キリスト教徒としての埋葬が許されておるのですから。

レアティーズ なら、もう頼まん。畜生め、地獄に堕ちて泣き喚《わめ》くがいい！ お前らの世話にならずとも、おれの妹はな、まっすぐ天に昇って天使になるのだ。

ハムレット 妹？ オフィーリアが、死んだのか！

王妃 美しい人には、美しい花を。さようなら。この花で、お前の新床《にいどこ》を飾りたかった。まさかそれを、お墓に撒《ま》くことになろうとは。

レアティーズ 待て！ 土をかけるのは、待て！（墓に飛び込む）さあ、かけろ、土を！ 妹もろとも、このおれの頭上に土を盛れ！ オリンポスの山の頂に達するまで積みあげるがいい！

ハムレット （進み出て）何ごとだ、その仰々しい喚きようは。地獄の底から、悪霊でも呼び出そうというつもりか。おれだ、ハムレットだ。デンマークの王子、ハムレットだ！

レアティーズ　くたばりやがれ、この野郎！

ハムレット　そんな挨拶で引きさがれるか。その手を放せ。図に乗ってこのおれを怒らせてみろ。何をしでかすかしれんぞ。放せ！　おれは、オフィーリアを愛していた。たとえ何万人分兄の愛情をあわせてみても、おれの愛の深さに及ぶか。貴様、オフィーリアのために何をしてやる？　言ってみろ。喧嘩でもするか、断食でもするか、祈るか、泣くか、それともワニでも取って食うか。そんなことならおれだってやってやる。貴様、ここへ喚きに来たのか。生きながら埋めてくれだと？　なら、二人で生き埋めになろうじゃないか。さあ、この頭上に土を投げろ。地球の大地をことごとく積みあげるがいい、太陽に達して頂が焼け焦げるまで！

王　耐えてくれ、レアティーズ、すべては狂気のなせるわざ。発作の時は、荒れ狂う海のように手がつけられぬ。だがその後は、羊のようにおとなしくなるのだから。しばらくは、放っておくしか仕方がないのだ。

ハムレット　なぜおれを、こんな目に遭わせねばならん？　お前に憎まれるような真似をした覚えはないぞ。まあ、いい。まあ、いい。いずれ、わかる時には、わかる。

ハムレット、ホレイショ、退場。

王妃　みんな狂気のせいなのです。本心ではないのだからね、レアティーズ。

王　そのとおり。だが、この間の話、もうぐずぐずはしておれぬ。早速にもハムレットを試合に呼ぼう。用意をしておけ、レアティーズ。

レアティーズ　このままでは、この胸の思い、鎮まりません。

王　わかっている。さ、ガートルード。ともかく、二人を仲なおりさせねばなるまい。このまま、捨ててはおけぬ。私にとっても、二人ともかけがえのない者たちだからな。

王妃　本当に、仲なおりをしてくれればいいのだけれど。

一同、退場。

17（二幕十場）

ハムレット、ホレイショ、登場。

ハムレット　本当に、悪いことをしたと悔やんでいる。心が痛むよ。レアティーズにたいして、つい我を忘れてしまうとはな。あの男の悲しみは、よくわかる、私と彼では立場がちがうにしろ。悪いことをしてしまった。

オズリック、登場。

ホレイショ　あ、誰か来ましたが。

ハムレット　ああ、あいつか。宮廷の人間なら誰知らぬ者のない男だが、宮廷の作法は何一つ知らぬ男だ。

オズリック　これはこれは、ハムレット殿下様、御機嫌うつくしゅう、何より恐惶《きょうこう》頓首《とんしゅ》と存じまする。

ハムレット　そこもと様こそ御機嫌うつくしゅう、何より、何より。

オズリック　実はお手前、陛下様からおとこづけをいただいて参上つかまつりましたが。

ハムレット　ほう、おとこづけ。謹んで拝聴つかまつりたく存じまするが、それにしても、本日は、いささかむし暑うござりまするな。

オズリック　いかさま、大層むし暑うございますようで。

ハムレット　そうですか？　ずいぶん肌寒いように思うが。

オズリック　いやはや、大変に肌寒いお日和《ひより》で。実は、その、ハムレット殿下様、陛下におかせられましては、そなた様に賭けを遊ばしてござります。バーバリ産の馬を六頭。これにたいしまして、あちら様では、フランス産の剣を六本、羂索《けんさく》その他、付属品一切をふくめて賭け草に供しました。しかも、この羂索と申しまするのが、実にみごとな細工でございまして――

ハムレット　失礼ではござるが、よくわからんな。そのケンサクとやら申すもの、そも、いかなる代物でござるかな？
オズリック　いえ、その、紐《ひも》でございます、剣をぶらさげる。
ハムレット　腰に大砲でもぶらさげるのなら、そんな言葉もふさわしかろうがな。ところで、先ほどの賭けというのは、誰が誰に、どう賭けると仰るのかな？　話がまるで呑みこめんが。
オズリック　あ、いや、それは、殿下様、かの若き剣豪レアティーズが、殿下様と十二合、剣の手合せを致して、殿下様に三本以上差はつけられまい、予はハムレットの勝ちに賭けるであろうと、こう陛下はのたまいまして、殿下様には、早速準備をするがよいと。
ハムレット　なるほど。王があえて賭けるというなら、私もあえて手合せしよう。で、いつだ？
オズリック　いえ、殿下様、今すぐこれへ、陛下様、お妃様、お揃い様でお出まし遊ばしますはずでございまするが。
ハムレット　陛下に伝えるがいい、お望みどおり従いますと。
オズリック　そのうるわしき御返答、早速お伝え致してまいります。では、これにて。

（退場）

ハムレット　これにて、これにて。どれほど胡椒《こしょう》をふりかけようと、ああ馬鹿の臭いをプンプンさせていたんじゃあ、とても消せまい。

ホレイショ　よほど鼻でもつまっていない限りは、町の外からでも臭いましょうな。

ハムレット　だが、ホレイショ、なんだか急に、胸の、このあたりが、締めつけられるような気がして――

ホレイショ　殿下、なら、試合は中止ということに――

ハムレット　いや、ホレイショ、大丈夫だ。心配はいらぬ。かりにいま何かが来るとすれば、明日はもう来ないというまでのこと。来るべきものは、いずれいつかは来るのだからな。たった一羽の雀《すずめ》が地に落ちるのも、神の摂理。おお、王が見えた。

王、王妃、レアティーズ、オズリック、その他、登場。

王　ハムレット、お前に賭けたぞ。かならず私に勝たせてくれるな？

ハムレット　その前に。レアティーズ、手を。私の友情を受けてくれ。断じて言う、私はレアティーズに悪を働いたことは一度としてない。もし狂気のハムレットが不始末をしでかしたとしたら、それはハムレットの仕業ではない、狂気の仕業だったのだ。かりにも私がレアティーズの感情を害したことがあるとすれば、誓って言う、すべては狂気のさせたこと。そう思って許してくれ。すまなかった。

レアティーズ　お気持ちだけは、よくわかりました。ですが、私にも名誉というものがある。しかるべき方々によって、納得のゆく話がまとまるまでは、和解はお預けとさせていただきます。

王　二人に剣を。

ハムレット　私など、君の引立て役にすぎんが。剣の長さは、みな同じだな？　さあ、行くぞ。

二人、戦う。

ハムレット　一本！

レアティーズ　なんの。

ハムレット　審判！
オズリック　一本！　確かに一本。
レアティーズ　よし。なら、さあ、来い！

二人、再び戦う。

ハムレット　一本！　審判は！
レアティーズ　取られました。かすった、かすった。
王　みごとだ、ハムレット。お前のために、国王が杯を傾けるぞ。
王妃　ハムレット、こちらへ。このハンカチを。その汗をお拭きなさい。
王　ハムレット、この真珠はお前のものだ。歴代デンマーク王の王冠を飾ったよりも得がたい珠《たま》だぞ。（真珠を入れ）この杯を、ハムレットに。
ハムレット　いえ、まずもう一番、手合せしてからいただきましょう。
王妃　では母が、代りに杯を乾しましょう。（飲む）
王　待て、ガートルード！（傍白）ああ、あの酒には、毒が！

ハムレット レアティーズ、子供扱いしているな？　本気を出してかかってこい。

レアティーズ 仰いましたな？　では。（王に）今度こそかならず一本。（傍白）だが、どうも気が咎めて。

ハムレット さあ、来い！

二人、三たび戦う。

オズリック 待った。勝負なし。

二人が別れる隙に、レアティーズはハムレットに突きかかる。

レアティーズ どうだ、一本！

二人、揉みあう。剣が入れ代る。

王　二人を分けろ。逆上している。

ハムレット　いいや、さあ、来い！（レアティーズに切りつける）

オズリック　あ、お妃様が。

王妃（倒れる）ああ、お酒が、お酒に、ハムレット、酒に、毒が。（息絶える）

ハムレット　陰謀だ！　扉を閉ざせ！　下手人を探し出すのだ！

レアティーズ　下手人は、ここにおります。おろかにも、われとわが罠にかかって。ハムレット様、あなたには、もう半時間の命もない。陰謀の凶器は、それ、そのお手に。切先は尖ったまま、毒まで塗って。お母上は、毒殺。あの毒杯は、あなたのために用意したもの。すべての元凶は、国王。国王こそが！

ハムレット　切先に毒まで塗って。なら、この毒を食らうがいい。死ね、この悪党！

ハムレット、王を刺し殺す。

レアティーズ　当然の報い。ハムレット様、死ぬ前に、どうか、この手を。たがいに、罪を許しあい、友として、死にたい。

ハムレット 私もな、レアティーズ。（レアティーズ、息絶える）おれも、もう死ぬ。ホレイショ、さらばだ。

ホレイショ いいえ、私、デンマーク人であるよりは、むしろ、古《いにしえ》のローマ人のごとくありたい。この杯にまだ毒が──

ハムレット おれのことを思うなら、放せ、その杯を。お前まで死んだら、どんな汚名が後に残る？ 誰がことの顚末《てんまつ》を物語るのだ？ お前しかおらぬではないか。ああ、この体が、沈んでゆく。もう、目も見えぬ。舌も、動かぬ。さらばだ、ホレイショ。天よ、わが魂を、迎えたまえ。（死ぬ）

フォーティンブラス、イギリス大使、隊長、兵士たち、登場。

フォーティンブラス どこだ、その惨劇の舞台とは。

ホレイショ 驚愕《きょうがく》と悲嘆の光景を見たいと仰るのなら、御覧になるがよい、この悲劇の情景を。

フォーティンブラス おお、傲《おご》りたかぶる死神よ！ ただ一撃をもって、これほどおびただしい貴人を、無慚《むざん》にも打ち倒したとは！

イギリス大使　イギリスより報告を携えて、只今到着してみれば、報告をお伝えすべき方は、もはや一人もおられぬとは。思いもかけぬ事の成り行き。

ホレイショ　しばらく驚愕をお鎮めくださり、私の物語をお聞きください。どうか広場に、一際《ひときわ》高く祭壇を築き、国じゅうの人々を呼び集めていただきたい。壇上にこれらの亡骸を安置し、その上で、この悲劇のそもそもの発端から、今この最後の惨劇に到るまで、その悲しい物語の一部始終、すべて、ありのままに、私の口よりお話し申しあげましょう。

フォーティンブラス　この王国には、忘れもせぬ、私にも多少の権利がなくもない。この機会に、その権利は主張しておく。隊長四人に命じて、ハムレットの亡骸を壇上に運ばせよ。もし生きながらえてさえおれば、かならずや、王者の中の王者ともなった方だ。さあ、遺骸を運べ。このような光景、戦場にこそふさわしくとも、ここでは見るも痛ましい。

――幕

解題

小林章夫
（上智大学教授）

1　『ハムレット』の三つのテクスト

すでにこの翻訳を読み終えた読者は、さまざまな疑問を抱くのではないだろうか。まず第一に、ずいぶん短い『ハムレット』だと思うのではないか。舞台で演じられたこの芝居を見たことがあるとすれば、もっと長かったような気がするだろう。それに主人公のハムレットは、確かもっとしゃべっていたはずだ。普通はこの劇の半分くらいの台詞《せりふ》を一人でしゃべっていたのではないか。だがこの翻訳では妙にあっさりしている。

それ以上に印象的なことは、『ハムレット』となれば有名な台詞が山ほどあるはずだが、これもずいぶん少ないし、使われている言葉も違うようだ。あの有名な'To be or not to be……'から始まる長い独白だって、あとになると、なんだか見慣れない、あるいは聞き慣れない言葉が次々に出てくる。

あるいはまた、原文と照らし合わせたり、ほかの翻訳と比べてみると、あるはずの台詞がなかったり、そもそも幕割りまでおかしかったりする。今あげた謎のような独白は、普通は三幕一場に出てくるはずだが、この翻訳では一幕七場に出てくる。どうもおかしい。

こうした疑問をお持ちになるとすれば、それは当然の話である。というのも、この翻訳の原本となっているものは、通常出回っている『ハムレット』とは異なるものだし、もちろん頻繁に舞台で上演される『ハムレット』とも大きな違いがあるからだ。

実は今回の翻訳のもととなったのは、本書巻頭の「訳者解説」にあるように、一般に『ハムレットQ1』などと呼ばれるものなのである。この「Q」とは〝Quarto〟の略であり、「クオート」とは作品を印刷した紙の判型、つまりサイズをあらわすものであって、日本語では「四折本」などと訳されるもの。縦が二四センチ、横が一八センチほどの大きさである。そして「1」とはこの四折本の第一のもの、初版を意味する。つまり、『ハムレットQ1』とは『ハムレット』の「第一・四折本」ということになるわけだ。

シェイクスピアが死去して七年後の一六二三年、彼とともに劇団の幹部だった人間が最初のシェイクスピア全集を出版した。それが「第一・二折本」（First Folio、略してフォリオとかF、あるいはF1と呼ぶ）で、四折本の一・五倍近くの判型になる大型本だったが、もちろんそこには『ハムレット』も収められていた。そしてこれは当然ながら『ハムレット』の台本として重要なものとされ、これまで上演や翻訳にしばしば使われてきたのである。

ところが、ここでもう一つややこしいことがある。すなわち、この全集に先立つこと二十年近く前、「第二・四折本」（略して「Q2」）なるものが出版されていたのである。そしてこのQ2はシェイクスピアが生きていた頃に出版されていたし、台詞などもきちんとしているから、シェイクスピアの草稿に基づいてつくられたとも考えられている。だから、こちらこそ『ハムレット』の台本として適切だとみなす意見もあり、事実、このテクストを台本として上演したり、翻訳の底本とすることもある。

しかしこのQ2は全体としてきわめて長く、行数にすると、Fよりも一四〇行ほど増えたものとなっている（Fは三五三五行、Q2は三六七四行。ただし、行数の数え方には違いもあるので、この数字は概算である）。

Fなのか、それともQ2なのか、どちらを「真正な」テクストと考えるかに関しては意見の相違があり、場合によっては両方の折衷案を使うケースもある。しかし行数の違いだけでなく、テクストの異同もあるのだから、話はさらに面倒なことになる。そこでこの点は細かく考えないことにしても、問題はQ１とQ２をどう捉えるかである。

数字の順序からわかるとおり、Q１とはQ２に先だって世に出たものであって、出版は一六〇三年と考えられている。そしてこのQ１は長さが異常に短く、二一五四行しかない。FやQ２の半分程度の行数なのである。だからこのQ１をもとにした今回の翻訳が、きわめて短く感じられるのも当然なのである。

２「Q１」とはどのようなテクストか

さて話が少しややこしくなったので、今述べた『ハムレット』の三つのテクストを改めて時系列に並べて、簡単にまとめておこう。

最初に世に出たのはQ１で、出版は一六〇三年。本文全体の行数は二一五四行ときわめて短い。そしてQ２やFと比べると、当然ながら台詞がずいぶん少ないし、幕割りもかなり違っている。

次に出たQ2は、出版は一六〇四年から一六〇五年にかけて、全体の行数は三六七四行ともっとも長く、出版時の宣伝文句によれば、「真正にして完璧な写本に基づき、初版の約二倍に増やして新たに印刷した」とある。そしてここで初版と言われているのは、Q1のことである。

最後のFは、すでに述べたように一六二三年の出版。最初のシェイクスピア全集に収められたものである。全体は三五三五行。これはQ2から二二二行をカットし、逆に八三行を新たにつけ加えた数字である。

そこで問題になるのはQ1である。出版はもっとも早いのだが、何しろほかの二つのテクストと比べると異様に短いし、台詞も整っていないところが多いため、「粗悪な四折本」と呼ばれて、信頼できるテクストとは考えられないことが多かった。そのためこれは、誰かが記憶に頼って台詞を書き、それを出版者に売って世に出した「海賊版」とまで言われてきた。そしてこの海賊版の出現に驚いた劇団があわてて出版したのがQ2で、先ほどの宣伝文句にあるように、こちらのほうがまともな『ハムレット』だとの自負がありありとうかがえるものなのである。

では粗悪とけなされ、「海賊版」とまで言われたQ1のテクストとはどのようなものなのか。

第一に全体の行数が少ないことからわかるように、普通の『ハムレット』よりも極端に台詞がカットされている。一幕一場、冒頭のエルシノア城の場面からして、普通より四〇行ほど短くなっているし、台詞自体にもかなり違いがある。

しかしこうした行数の短さ以上に印象に残るのは、主人公ハムレットの独白の違いだろう。Q1の一幕七場、ハムレットが登場して語る台詞の冒頭は次のようなものだ。

生か死か、問題はそれだ。
死ぬ、眠る。それで終わりか？　そう、それで終わり。
いや、眠れば、夢を見る。そうか、それがある。
死んで、眠って、目が醒めて、永遠の裁きの庭に引き出される。
そこからは、一人の旅人も帰ってきた例《ためし》のない、
まったく未知の境。そこで神のお顔を拝し、
救われた者はほほえみ、呪われた者は、
地獄の業火の真只中へ。

これを現行よく使われる『ハムレット』（拙訳）の同じ部分と比較すると、かなりの違いがあることがわかるだろう。

生か死か、問題はそれだ。
どちらが高貴な精神のありようなのか、
無法な運命の投げつける石と矢弾《やだま》に耐えるのか、
それとも海のごとき苦難に武器を取って立ち向かい、
戦ってこれを終わらせるのか。死ぬ、眠る、
それだけのことだ。眠ることで、
生まれながらに肉体につきまとう幾多の
心労、苦痛を終わらせることができるのなら、
これほど望ましい終わりはないだろう。

このほかにもカットされた独白もあるし、そもそも幕割りが異なる部分があること

はすでに述べたとおりである。

さらに、登場人物の名前を見ると、国王の顧問官「ポローニアス」(レアティーズ、オフィーリアの父親)がＱ１では「コランビス」となっているのをはじめとして、現行の『ハムレット』と異なるものがいくつも出てくる(なお、本翻訳では混乱を避けるために、現行で流布している名前に変えてある)。

いや、まだ他にもある。シェイクスピア劇は、本来あまりト書きがないのだが、Ｑ１の二幕六場、狂乱のオフィーリアが登場する場面では、「オフィーリアがリュートを弾き、髪を垂らして歌いながら登場」とある(本翻訳では単に「オフィーリア、登場。」としかしていない)。ここなどはシェイクスピア時代の上演の様子を伝えるものとして、興味深いのではないか。

というわけで、Ｑ１はいささか「異様な」テクストなのだが、ではなぜこのようなテクストが誕生し、それが今日まで残っているのだろうか。

３ 「Ｑ１」はどのように生まれたのか

すでに述べたように、Ｑ１はよく「海賊版」と呼ばれてきた。つまり、誰かが適当に台詞を書き込んで、金儲けをしようと出版者に売りつけたもの、だから「真正な」テクストとは大きく異なるというのだが、では誰がそんなことをしたのか。

これについては、国王の番兵として登場するマーセラスの台詞が正確なので、これを演じた役者がやったと言われている。またシェイクスピア時代には一人の役者が何役かを兼ねることがよくあり、この役者も劇中劇の殺人者の役と、デンマーク大使ヴォルティマンドの役も演じたと考えられている。どちらの台詞もかなりきちんとしているから、マーセラスを演じた役者がこれらの役も演じたのではないか。

今日と異なり、作品の出版に当たってきちんとした手続きがまだおこなわれていなかった時代だし、特に演劇の台本ともなると、上演が終わってしまえば不要、それを敢《あ》えて出版するのは滅多にないことだった。そこで、実際に舞台に立った役者が作品の台詞をかなり記憶していることはあり得るし、そんな人間が評判になった芝居の台詞を書き込んで、出版者に売りつけたというのは考えられないことではない。

だが、これについては次のような疑問がある。

まず、Ｑ１とＱ２の出版者が同じ人間だという事実がある。まさか、海賊版と真正な版とを両方出す出版者がいるはずはないだろう。だとすれば考えられるのは、どこかから手に入れたQ１の原稿を出版者が真正な版と判断して出版し、そこへQ２の原稿が手に入ってこれを見たところ、後者のほうが真正だと考え直し、あわてでこれを出版したということである。ただし、出版者としてはずいぶんうかつな話である。

それはともかく第二に、仮に『ハムレット』で何かの役を演じた人物が出した海賊版だとしても、それならなぜ登場人物の名前を変える必要があったのか、この点が疑問となる。これもすでに述べたように、主要な登場人物である「ポローニアス」の名前がなぜ「コランビス」となっているのか、また他の人物名も変わっているのはなぜなのか。

しかもこの点に関しては、次のような事実がある。一七世紀になってイギリスの劇団がドイツで上演した『ハムレット』（もちろんドイツ語訳）で、やはり「ポローニアス」が「コランバス」となっていて大いに似ていること、さらにはあの有名な独白とそのあとの場面がQ１と同じ位置にあることなどから、これは単なる海賊版などではない、むしろシェイクスピアが『ハムレット』を書く前に、すでにその原形となる作品があって、これとの関係を示唆するのではないか――そんな考え方も出されているのである。

そこで最近では、実はシェイクスピアの属していた劇団が、たとえば地方巡業に出ることがあり、その際にどうしても台本が必要になるので、台本を劇団員が思い出しながら復元したのが、このQ1なのではないかとの説が有力となっている。ただし、まだ決定的な説明はなされておらず、Q1をめぐる事情には不明な点が多くある。

さまざまな考察がなされてきたQ1だが、現在では、これが単なる粗雑なテクストではなく、むしろ現行の『ハムレット』のいわば原形をなすテクストとして、積極的に評価する傾向が強くなっている。

つまり、こういうことだ。シェイクスピアが『ハムレット』を発表する以前に、ハムレットという人物を主人公にした劇が上演されていて、それが大いに評判を呼んでいた。シェイクスピアはそこで、今日では失われてしまったこの古い劇を大きく書き変え、新たな『ハムレット』をつくりあげたが、Q1はこの改作の過程の初期段階をあらわしたもので、Q2はその次の段階、そして最後にFは、これにさらに手を加えたものと考えるのである。だとすれば、Q1は海賊版などではなく、むしろ『ハムレット』の原初的な姿を示すものとして、これを評価してもいいのではないか。

4　大幅なカットによる上演

Q1が一人の役者が勝手に生み出したものなのか、それとも地方巡業の際の台本として劇団員たちが記憶をもとに復元したものなのか、これに関してはまだ決定的なことは言えないけれど、次の点だけははっきりしているだろう。すなわち、シェイクスピア時代も、あるいは今日においても、『ハムレット』の上演に当たってはある程度台詞をカットすることが避けられないという事実である。いや、『ハムレット』だけではない。シェイクスピアのほとんどの作品が、上演の際にはなんらかの省略が必要となるのだ。

たとえば『ハムレット』の場合、仮にこれをQ2かFを台本としてそのまま上演すれば、おそらく四時間以上はかかることになる（いわゆる「ノーカット版」、つまりQ2とFの台詞をすべて合わせたものを台本とした上演では、六時間もかかったものがあるという）。シェイクスピア時代は幕割りもなく、ほとんど一気に上演されていたとしても、三時間半はゆうに要する上演時間だったはずである。これは劇場の観客、特に張り出し舞台の前、いわゆる「平土間《ひらどま》」のスペースに立って観劇する一般庶民にはとても耐えられない長さだった。だから上演時間はせいぜい二時間、長くても二時間半ほどであって、だとすれば台詞を大幅にカットすることが必要だった。

このことは現代でもほぼ同様で、立ち見席がなく、上演の途中で休憩時間を入れるにしても、まさか四時間もかけることはまずあり得ない話である。どんなに長くても二時間半、あるいは三時間弱というのが普通のはずである。だとすれば、やはりある程度の省略は避けられない。

ところがもし、Q1を台本として上演するとすれば、そもそも現行の『ハムレット』の半分しかない長さなのだから、ほとんどカットしなくても二時間ほどの上演時間で済む。いや、ただ単に上演時間だけの問題ではない。すでに述べたように、もしこのQ1が現行の『ハムレット』の原形に当たるものだとの推定をするならば、これはシェイクスピアという劇作家の創作の根源を探る格好の材料ともなるだろう。

よく知られているように、シェイクスピアはその劇作に当たり、さまざまな材源を参照しつつ、あるいは先行する劇などからヒントを得て、作品をつくりあげてきた。もちろんそれは、今日言われるような「盗作」などではなく、多くの原料を配合して素晴らしい効能を持つ製品へと完成させたと言うべきだろう。要するに言葉を変えれば、座付き作者であった彼は天才的な脚本家だったのである。

そのようなシェイクスピアが、『ハムレット』という傑作を世に送るに当たって、どのような発想を得てこれを書き始めたのか、類《たぐ》い希《まれ》な脚本家のそもそもの創作の秘密を探ろうとするのなら、ひょっとするとQ1はまたとない手がかりとなるのかも知れない。

あるいはさらに、このQ1が地方巡業の際の上演台本として生み出されたとするのならば、シェイクスピア時代の上演形態の一端を探る材料としても重要な意味を持つのかも知れない。

ちなみに、このQ1を台本として上演したのは、イギリスでは一八八一年におこなわれたのが最初とされている。

最後に、この翻訳に関していくつかの点をつけ加えておく。

まず、本書の『ハムレットQ1』の翻訳は、二〇〇八年五月に逝去された安西徹雄先生の手になるものである。先生は長年上智大学教授として英文学、特にシェイクスピアを講じられる傍ら、自らの翻訳によってシェイクスピアの作品を世に送り、演劇集団〈円《えん》〉を拠点としてその上演にも携わってこられた。つまり、英文学者であり、優れた翻訳家であり、なおかつ、あるいはひょっとするとまず第一に、情熱溢れる演出家でもあった。

その先生が翻訳したシェイクスピアの作品は、この光文社古典新訳文庫に『リア王』『ジュリアス・シーザー』『ヴェニスの商人』『十二夜』『マクベス』の五作品が収められている。しかし、ほとんど遺作とも言うべき『マクベス』が世に出るのを見ることなく、あの世に旅立ってしまわれた。

しかし先生が手がけたシェイクスピアの翻訳はほかにもあり、それらは幸いにして電子ブックの「BBC文庫」に収められている。ただしそうした翻訳はどれも、本来は上演台本として生み出されたものであり、当然ながら、原作をところどころカットしていた。そしてその一つが、ここに訳出されている『ハムレットQ1』なのである。

これは一九八三年五月に、演劇集団〈円〉によって上演されたときの台本であり、通常ではあまり出版されることがない性質のものだ。しかし、そもそも安西訳『ハムレット』はこれしかなく、またQ1を日本語に翻訳して舞台にかけたケースも珍しい。そのような事情もあって、『ハムレットQ1』が多くの読者の目に触れることはあまりないと考えていたのだが、それを知った光文社の駒井稔さんの英断によって出版されることになったのである。そしてこのことは、演劇人として舞台に情熱を抱き続けた安西先生にとっては、もっともうれしいことだったかも知れない。

実際、考えてみれば、シェイクスピアの作品は何よりもまず上演台本として書かれたのである。自分が所属する劇団の事情、役者たちの顔ぶれ、彼らの特徴などを常に考え、そうしたものにふさわしい芝居を書き上げてきたのだから、今回の『ハムレットQ1』の翻訳にしても、安西先生が上演を念頭に置いてつくりあげたものである以上、ある意味では脚本家シェイクスピアの本質をうかがうのに最適だと言えるかも知れず、これを後世に残すことにも大きな意義があるのではないか。

それにしても、安西先生はなぜ『ハムレットQ1』を翻訳して、しかもこれを上演台本として使うことにしたのか。その点については、「訳者解説」で、このテクストが『ハムレット』という作品の原形にあたるものであり、それを掘り起こしてみることに意義があると考えたからだと述べている。

また同時に、先生が留学時代に大きな衝撃を受けたエピソードにも触れている。それはわたしもよく聞かされた話で、一九六〇年代の後半にバーミンガム大学へ留学したときのこと、シェイクスピアの研究に没頭する傍ら、芝居もよく見ていたのだが、あるとき大学の学生たちが『ハムレット』を上演するのを見て、これに強い感銘を受けたというのだ。そして実は、その上演の台本となったのが、『ハムレットＱ１』だったのである（このことに関しては、先生の演劇論集成『彼方からの声』〈筑摩書房〉にあるエッセイを参照）。だとすれば、その後、劇団と深い関わりを持ち、自らの翻訳で演出もした先生の、ある意味では重要な出発点になる作品だったことになる。

というわけで、以上のような事情から、『ハムレットＱ１』は光文社古典新訳文庫の一冊として生まれることになったのだが、それに当たっては「ＢＢＣ文庫」からダウンロードしたものをもとにして、まず原作と丁寧につきあわせることから出版作業の第一歩を始めた。その原作として使ったものは、次の本である。

Kathleen O. Irace ed., *The First Quarto of Hamlet* (Cambridge UP, 1998)

'The New Cambridge Shakespeare' シリーズの一冊であるこの書物は、Ｑ１に関して優れた洞察を示す編者の手になるものであり、また比較的容易に手に入るテクストである。

そこでこの原作と照らし合わせながら、先生のつくられた上演台本である「BBC文庫」版の翻訳を細かくチェックし、誤植などを訂正したものが本書である。なお、細部で若干手を入れたところもあるが、基本的にはほぼ先生の翻訳のままである。したがって、これは安西訳シェイクスピアの一冊と数えても差し支えあるまい。多くの読者に恵まれることを祈ってやまない。

シェイクスピア略年譜

生涯　作品執筆・上演	関連事項
一五五七年 父ジョン・シェイクスピア、メアリ・アーデンと結婚	
一五五八年 ジョンの長女、ジョウン誕生（幼くして死亡）	一一月　エリザベス一世即位
一五六一年 ジョン、町の出納係となる	
一五六二年	

次女マーガレット誕生。翌年死亡

一五六四年
四月二六日、長男ウィリアム、ホーリー・トリニティ・チャーチで受洗

一五六五年　一歳
ジョン、町議会の参事会員に選ばれる

一五六六年　二歳
ジョンの次男ギルバート誕生（〜一六一二）

一五六八年　四歳
ジョン、ストラトフォードの町長となる

一五六九年　五歳
ジョンの三女ジョウン誕生（〜一六四六）

二月　クリストファー・マーロウ誕生

五月　スコットランド女王メアリ、イングランドに亡命

一一月　イングランド北部でカトリック貴族たち反乱

一五七〇年　六歳
一五七一年　七歳
ジョンの四女アン誕生（～一五七九）。
ウィリアム、この頃グラマー・スクールに入学
一五七四年　一〇歳
ジョンの三男リチャード誕生（～一六一三）
一五七六年　一二歳
一五七七年　一三歳
この頃からジョン、経済的困難に陥る
一五七九年　一五歳

二月　ローマ教皇、エリザベス一世を破門

四月　ジェイムズ・バーベッジ、ロンドンの北に初の商業劇場「劇場座」を建設
ホリンシェッド『年代記』出版。シェイクスピアが英国史劇や『マクベス』の材源としたのは、おそらく第二版（一五八七年刊）
ノース訳、プルターク『英雄伝』出版

一五八〇年　一六歳
ジョンの四男（ウィリアムの末弟）エドマンド誕生。後に、兄の後を追ってロンドンへ、俳優となる（～一六〇七）

一五八二年　一八歳
一一月二七日、ウィリアム、アン・ハサウェイと結婚（ウスター司教区の記録による）。新婦は八歳年上で、すでに妊娠していた

一五八三年　一九歳
五月　長女スザンナ誕生（～一六四九）

一五八五年　二一歳
二月　長男ハムネット（～一五九六）と次女ジュディス（～一六六二）の双子

誕生	
一五八七年　二三歳	一月　興行師フィリップ・ヘンズロウ、
この頃、ウィリアムは単身ロンドンに	テムズ南岸に「ローズ座」を建設
上京し、劇界に身を投じたと思われる	二月　スコットランド女王メアリ処刑
一五八八年　二四歳	七月　スペインの無敵艦隊を撃破
一五九〇年　二六歳	マーロウ『マルタ島のユダヤ人』初演
一五九二年　二八歳	九月　劇作家ロバート・グリーン他界、
『ヘンリー六世』ストレンジ卿一座に	遺作の『後悔百両知恵一文』でシェイ
より「ローズ座」で上演（ヘンズロウ	クスピアを「成上り者のカラス」と痛罵
の日誌の記録）	
『タイタスとヴェスパシアン』同劇団	
により同座で上演。おそらく『タイタ	
ス・アンドロニカス』をさす	
一五九三年　二九歳	五月　マーロウ暗殺される
物語詩『ヴィーナスとアドーニス』出版	

一五九四年　三〇歳
物語詩『ルクリースの凌辱』出版
一二月『まちがいの喜劇』、グレイ法学院で上演の記録

一五九五年　三一歳
『リチャード二世』
『ロミオとジュリエット』
『夏の夜の夢』

一五九六年　三二歳
八月　長男ハムネット埋葬
一〇月　父ジョン、紋章の使用許可を受ける
『ヴェニスの商人』

一五九二年からの疫病流行による劇場閉鎖が解け、シェイクスピアの属する宮内大臣一座と、ヘンズロウの下、娘婿のエドワード・アレンを中心とする海軍大臣一座の二劇団が劇界をリードすることになる
テムズ南岸に「白鳥座」建設

オランダ人デ・ウィット、「白鳥座」で観劇、記録と舞台のスケッチを残す

『ヘンリー四世』第一部

一五九七年　三三歳

五月　ストラトフォードに邸宅「ニュー・プレイス」を購入

『ウィンザーの陽気な女房たち』

『ヘンリー四世』第二部

一五九八年　三四歳

ベン・ジョンソン『十人十色』、宮内大臣一座で上演。シェイクスピアも出演

『から騒ぎ』

『ヘンリー五世』

一五九九年　三五歳

『お気に召すまま』『ジュリアス・シーザー』、おそらく「地球座」の柿《こけら》落《お》としに上演

フランシス・ミアズ『知恵の宝庫』出版。シェイクスピアを、喜劇・悲劇双方で代表的劇作家と評価

一二月「劇場座」解体。古材をテムズ南岸に運ぶ

「劇場座」の古材を元に、この夏「地球座」開場

一六〇〇年　三六歳
『ハムレット』
『十二夜』
一六〇一年　三七歳
宮内大臣一座、エセックス伯反乱の前夜、一味の依頼によって『リチャード二世』を「地球座」で上演
九月　父ジョン他界
一六〇二年　三八歳
五月　ストラトフォードの郊外に一〇七エーカーの土地を購入
九月　ストラトフォードのチャペル・レインに土地・家屋を取得
一六〇三年　三九歳

ヘンズロウ、「地球座」に対抗して「幸運座」を建設
二月　エセックス伯、サウサンプトン伯（シェイクスピアのパトロン）と共に反乱を企て、失敗。エセックスは同月処刑され、サウサンプトンも終身刑を宣告される（後に一六〇三年、ジェイムズ一世の即位にともない釈放）
三月　エリザベス一世崩御

宮内大臣一座、ジェイムズ一世の即位にともない、国王一座となる。以後、さかんに宮廷で御前公演を行なう

一六〇四年　四〇歳
『オセロウ』
『尺には尺を』

一六〇五年　四一歳
『リア王』

一六〇六年　四二歳
『マクベス』

五月　スコットランドのジェイムズ六世、イングランドの新国王ジェイムズ一世としてロンドン到着

三月　国王一座の幹部として、新王の戴冠式に参列

八月　同座の幹部、スペイン使節の接待にあたる

一月　ベン・ジョンソン作、イニゴ・ジョウンズ美術担当の『黒の仮面劇』宮廷で上演。以後、スペクタクル性の強い仮面劇が流行

一一月　議事堂爆破計画、発覚

『アントニーとクレオパトラ』

一六〇七年　四三歳

六月　長女スザンナ、ストラトフォードの医師ジョン・ホールと結婚

一二月　末弟エドマンド、ロンドンのサザックで埋葬される

『アテネのタイモン』

一六〇八年　四四歳

二月　スザンナに、シェイクスピアの初孫エリザベス誕生

九月　母メアリ、ストラトフォードのホーリー・トリニティ・チャーチに埋葬

『コリオレイナス』

『ペリクリーズ』

一六〇九年　四五歳

北米ヴァージニア州に、イギリス初の恒久的植民地建設

八月　国王一座、冬季の公演のために、屋内劇場「ブラックフライアーズ座」を獲得

この頃から、ジョン・フレッチャーとフランシス・ボーモントが、国王一座のために共作で戯曲を提供しはじめる

クリスマス・シーズン中、国王一座、

『ソネット集』出版
『シンベリン』
一六一〇年　四六歳
『冬物語』
この頃、故郷ストラトフォードに引退か
一六一一年　四七歳
『あらし』（一一月、宮廷で上演。おそらく初演）
一六一二年　四八歳
二月　すぐ下の弟ギルバート、ストラトフォードで埋葬

宮廷で十三本の劇を御前上演
四〜五月　医師・占星術師のサイモン・フォアマン、「地球座」で『マクベス』『シンベリン』『冬物語』を観劇した記録
欽定訳聖書、刊行
ドイツのファルツ選挙侯、ジェイムズ一世の王女エリザベスと婚約して来英。翌年二月の結婚式までの期間、国王一座は二十回、十四本の劇を御前公演。そ

一六一三年　　四九歳

二月　ただ一人生存の弟リチャード、ストラトフォードで埋葬

一六一六年　　五二歳

二月　次女ジュディス、ストラトフォードのワイン商トマス・クィニーと結婚

三月　遺書に署名

四月二三日　死去。二五日、ホーリー・トリニティ・チャーチに埋葬

一六一九年

一六二三年

八月　妻アン、ホーリー・トリニティ・チャーチで夫の傍らに埋葬

のうちシェイクスピア作品はほぼ八篇

六月二九日　『ヘンリー八世』上演中、「地球座」失火により焼失。翌年の夏には再建し、上演を再開

三月　シェイクスピアの主役を演じつづけた僚友リチャード・バーベッジ死去

一一月　永く劇団の同僚だったヘミングとコンデルの編集により、シェイクスピアの最初の全集、「第一・二折本」出版

上演台本としてのQ1の魅力

河合祥一郎
（東京大学准教授）

上演台本というものは芝居の現場に応じて変わるものだ。演出上の都合であちこち台詞をカットすることはよくあることだし、作家が現場にいるなら演出家の要請に応じて書き直すことだってありうる。イギリスの劇作家トム・ストッパード氏は、稽古場に関わるようになってから、「ある俳優が歩いて退場するまでの数秒のあいだに言う台詞を書き加えてくれ」などという要望に応えるのは楽しいという感想を漏らしている。私自身、野村萬斎《のむらまんさい》師のために『リチャード三世』を翻案して書いた『国盗人《くにぬすびと》』の再演用に初演（二〇〇七年）の上演台本をかなり書き直した経験があるし、翻訳者として稽古場に立ち会うのは台詞に訂正を加えるためだ。

シェイクスピアは現場の人であったのだから、常にそうした現場の要請に応えながら台本を用意していたはずだ。作品を再演するたびに何かしら変えないほうが不自然だったとさえ言えるだろう。

それゆえ、当時の実際の上演をそのまま反映していると思《おぼ》しき『ハムレットQ１』は魅力にあふれている。シェイクスピアの最短の悲劇『マクベス』と最短の喜劇『まちがいの喜劇』を足して二で割った長さで、実に上演に適しているし、この台本がシェイクスピアの作品推敲の初期の段階を反映しているとしたら実に興味深い。

優れた演出家として現場の人であったシェイクスピア学者・安西徹雄先生がQ１の魅力のとりことなったのは当然のことであり、私もまた大きく二つの点でQ１の抗しがたい魅力に捕らえられている。

魅力の第一は構成

Q１は、話の流れがずいぶん整理されていて、とてもわかりやすい構成になっている。そのなかでも最も注目すべき点は、「生きるべきか死ぬべきか、それが問題だ」で始まる有名な第四独白とそれに続く「尼寺《あまでら》の場」が、Q２やF（「Q」「F」については、訳者解説並びに解題を参照）よりもずっと早いところにあり、そのおかげでハムレットの心理がわかりやすくなっていることだ。

Q２やFでは、ハムレットは旅回りの役者たちがやってくると役者たちと親しく話をし、その直後の独白で、何とかして（亡霊が教えてくれたとおり）王がハムレットの父を殺した犯人であることをつきとめなければならないと考え、「それには芝居だ。芝居を打って王の良心を捕まえてやろう」と決断する。そうと決まれば、あとは芝居の準備に専念すればよいのに、次の場面で急に"To be, or not to be"などと瞑想に耽《ふけ》り出し、忍耐すべきか行動すべきかと悩み始めるのは妙ではないか。このわけのわからなさがハムレットなのだと言えば言えるものの、それにしてもあまりにも一貫性がなさすぎる。

ところが、Q1はすっきりしている。もっと早い段階で、ハムレットの様子がおかしいという話になったとき、コランビス（ポローニアス）が「オフィーリアに、ここを歩かせておきましょう。やがて、王子がお見えになる。で、陛下と私は、壁掛けの陰に身を隠し、二人の出会うところを立ち聞きすれば、王子のお心のうちも、おのずと知れようと申すもの」（本書五九ページ）と王に提案すると、続いて"To be, or not to be"の独白となるのだ。コランビスの提案が直《ただ》ちに実行に移されるわけであり、しかもハムレットが"To be, or not to be"と悩むのもその場にふさわしい。

そうして「尼寺の場」も終わると、再びハムレットが本を読みながらやってきて、

Ｑ２やＦにあったとおり、コランビスと対話をするいわゆる「魚屋の場」に立ち戻る（ただし、Ｑ１ではコランビスが魚屋よばわりされることはないけれど。本書では六四ページに該当する）。「尼寺の場」から「魚屋の場」への流れも実に自然につながっており、あまりにもＱ１の流れのほうがすっきりするので、第四独白と「尼寺の場」の位置をＱ１と同じようにアレンジする現代の公演もあるほどだ（たとえば一九八九〜九〇年のロイヤル・シェイクスピア劇団のロン・ダニエルズ演出、マーク・ライランス主演公演がその一例である）。

魅力の第二はガートルードの人物造形

Ｑ１の11（二幕四場）で、母ガートルードはハムレットに責められて「天に誓って言うけれど、この（クローディアスの）恐ろしい殺人のことは知らなかったのよ」と訴える。Ｑ２やＦではガートルードは最後までクローディアスの罪を知らず、ハムレットの復讐のことを知るのはホレイショだけなのに、Ｑ１ではハムレットは次のように母に懇願するのだ。

そして、母上、私の復讐に力をそえていただきたい。奴が死ねば、母上の恥辱も共に死に果てるのです。

（本書一〇三ページ）

これに応えてガートルードはハムレットに協力することを誓うのみならず、14（二幕七場）ではホレイショから「王子ハムレットが王クローディアスの仕掛けた暗殺の罠を逃れて帰ってきた」という報告さえ受けて、ハムレットの味方としての立場を明確にしている。こうしてようやくハムレットの心の支えとなってくれた母が最終場で毒杯をあおって死んでしまうという展開のほうが、クローディアスの罪のことなど何も知らぬ母が毒を飲んで死ぬよりも劇的に思えるのだが、どうだろうか。

シェイクスピアが『ハムレット』を書くにあたって参照した種本（フランソワ・ド・ベルフォレ翻案『秘話集』）でも、ガートルードがクローディアスの殺人を知ってハムレットに協力する筋書きになっており、Q1は種本に近いということになる。

そしてまた、十七世紀のドイツ語版『ハムレット』との類似からQ1が『ハムレット』の原形に基づくという説もあるが、そうだとしたらとてもおもしろい。

バッド・クオート?

このように演劇的に魅力あるQ1であるが、ずいぶん長いこと海賊版呼ばわりされ続けてきたものだ。

名づけて「バッド・クオート」——「粗悪な四つ折本」という意味である。

なにしろ、Q1が一六〇三年に出版されたとたん、こんなめちゃくちゃな版を読んでもらっては困るとばかりに、翌年Q2が「これが正しい版です」という断り書きとともに出版されたのだから、海賊版という説を多くの学者が受け入れたのも無理はない。

しかも、マーセラスの台詞（および劇中劇の殺人者とデンマーク大使ヴォルティマンドの台詞）がQ2やFと比べてもほぼそっくりそのままであり、マーセラスが登場する場面では他の登場人物の台詞も異同が少ないことから、Q1はマーセラス役の役者を中心とした何人かの役者たちが記憶をもとに台本を再構成した海賊版だろうと考えられてきたわけだ。

しかし、〝正しい〟『ハムレット』のテクストを求めようとする文学研究の発想がすたれ、ひとつひとつの上演にそれぞれの意義があるとする演劇研究が盛んになると、事態は変わってくる。文学として求めるべき『ハムレット』のテクストは一つだが、演劇としての『ハムレット』のテクストは一つに定まらないからだ。

そもそも、『ハムレット』の底本（編纂時に頼りにすべき古い版）はQ2なのかFなのかという議論もあって、シェイクスピアの草稿に近いQ2をとるべきか、実際の上演を経た改訂版と思しきFをとるべきかで学者の意見が分かれる。私自身は上演を重んじるF派であるが、その伝でいくと、Q1もまた（ハムレットの哲学性がずいぶんと薄れており、シェイクスピアの意図がどれほど反映されているか議論を呼ぶものの）当時のひとつの上演を反映したものであるという点で意義深いわけである。

Q1は要するに、ケンブリッジ版『ハムレットQ1』（一九九八年出版）の編者カスリーン・イレイスが論じるように、海賊版ではなく（悪い心根の役者たちが金もうけのために記憶を頼りに台本を復元したのではなく）、旅回りの役者たち（それも、おそらくは国王一座の連中）が——作家のシェイクスピアやいつもハムレットを演じていたリチャード・バーベッジが不在のまま——旅先で『ハムレット』を上演しようということになって、記憶を頼りに台詞を書き出し、自分たちなりのアレンジを加えた版なのだろう。Ｑ１のカット部分がＦのカット部分と一致する箇所もあり、上演のために全体を再構成しようとした意図が感じられるとイレイスは指摘する。

再構成をしたのがシェイクスピアではなく、その上演に参加した役者たちだったかなと言って、Ｑ１を'bad quarto'と呼んではなるまい。ハムレット自身が言っているではないか。

——There is nothing either good or bad, but thinking makes it so.（よいも悪いもありはしない。考え方ひとつだ　Ｑ２／Ｆより）

本文中、今日の観点からみて、差別的な用語・表現が含まれています。『ハムレットＱ１』が刊行された一六〇三年前後において、癩病は伝染性の強い病と見なされ、患者が隔離されるなど社会的に大きな差別を受けた時代でした。第二次世界大戦後、特効薬が普及し、完全治癒が可能となりました。日本においても一九九六年に「らい予防法」が廃止されています。現在はハンセン病という言葉の使用を学会が決定しておりますが、作品の当時の背景、文学作品の観点から、当時の言葉を使用しました。差別の助長を意図するものではないことをご理解いただきますようお願いいたします。

〔編集部〕

いま、息をしている言葉で、もういちど古典を

長い年月をかけて世界中で読み継がれてきたのが古典です。奥の深い味わいある作品ばかりがそろっており、この「古典の森」に分け入ることは人生のもっとも大きな喜びであることに異論のある人はいないはずです。しかしながら、こんなに豊饒で魅力に満ちた古典を、なぜわたしたちはこれほどまで疎んじてきたのでしょうか。

ひとつには古臭い教養主義からの逃走だったのかもしれません。真面目に文学や思想を論じることは、ある種の権威化であるという思いから、その呪縛から逃れるために、教養そのものを否定しすぎてしまったのではないでしょうか。

いま、時代は大きな転換期を迎えています。まれに見るスピードで歴史が動いていくのを多くの人々が実感していると思います。

こんな時わたしたちを支え、導いてくれるものが古典なのです。「いま、息をしている言葉で」――光文社の古典新訳文庫は、さまよえる現代人の心の奥底まで届くような言葉で、古典を現代に蘇らせることを意図して創刊されました。気取らず、自由に、心の赴くままに、気軽に手に取って楽しめる古典作品を、新訳という光のもとに読者に届けていくこと。それがこの文庫の使命だとわたしたちは考えています。

このシリーズについてのご意見、ご感想、ご要望をハガキ、手紙、メール等で翻訳編集部までお寄せください。今後の企画の参考にさせていただきます。
メール　info@kotensinyaku.jp

kobunsha classics
光文社古典新訳文庫

ハムレットQ1《キューワン》

著者 シェイクスピア
訳者 安西《あんざい》 徹雄《てつお》

2010年2月20日 初版第1刷発行
2024年8月20日 第7刷発行

発行者 三宅貴久
印刷 大日本印刷
製本 大日本印刷

発行所 株式会社光文社
〒112-8011東京都文京区音羽1-16-6
電話 03(5395)8162(編集部)
03(5395)8116(書籍販売部)
03(5395)8125(制作部)
www.kobunsha.com

ISBN978-4-334-75201-9 Printed in Japan

組版 新藤慶昌堂